공은 떠나가고
한 권의 시큐가 남았군요.
25년 여름
김 유 나

공

공

김유나

위즈덤하우스

차례

공 ·· 7
작가의 말 ·· 97
김유나 작가 인터뷰 ·· 101

1

병석이 침대 끄트머리에 걸터앉아 지난밤 자신이 벌인 일을 떠올리려 애쓰는 내내, 그에게 고민을 안겨준 존재는 바쁘게 병석의 집 안을 휘저으며 제 할 일을 했다. 병석은 눈앞에 돌아다니고 있는 손바닥만 한 새끼 시츄를 바라보았다. 초면이었고, 병석은 47년 인생에서 단 한 번도 개를 키우고 싶다는 마음을 가져본 적이 없었다. 치다꺼리,

번거로움, 부담스러움. 그게 병석이 내린 개란 존재에 대한 결론이었다. 시츄는 그런 병석의 결론이야 제 알 바 아니라는 듯, 친화력을 과시하며 병석의 종아리를 긁고, 낑낑 소리를 내고, 깡! 하고 짖어도 본 뒤 미동하지 않는 병석을 시시한 존재로 인식하곤 혼자 놀기 시작했다. 침대 끝에서 현관까지, 또 현관에서 침대까지 전속력으로 왕복하다가 어디선가 물어온 노란색 뼈다귀 모양 장난감을 아이보리색 카펫 정중앙에 툭, 내려놓은 뒤 헥헥대며 병석을 쳐다보곤 그것을 물어 뒤집고 돌고 내리찍으며 맹렬하게 놀았다. 그러곤 병석의 눈을 똑바로 쳐다보며 엉덩이를 살짝 내리더니 오줌을 누었다.

하하.

병석은 웃었다. 그는 화가 나면 웃는 사람이었다. 손을 뻗어 침대 옆 협탁에 올려둔

안경을 낀 병석은 카펫 위에 새겨진 세 점의 노란색 얼룩을 추가로 발견했다. 병석은 기도하는 모양으로 맞잡은 두 손에 힘을 주었다. 그는 울고 싶을 때면 주먹을 쥐는 사람이었다. 그러거나 말거나, 시츄는 자신의 유일한 관객인 병석의 웃음소리에 스스로를 치하하듯 카펫에 등을 비볐고, 취약 지점인 배를 훤히 드러낸 채 데굴데굴 구르다 천장을 바라보며 천천히 눈을 끔뻑이더니…… 그대로 잠들었다.

병석은 정신을 가다듬으려 침대 아래 자리끼로 가져다둔 생수병 뚜껑을 열어 꿀꺽꿀꺽 물을 마셨다. 개도 개지만 병석에게 더 큰 문제는 따로 있었다. 주량 이상 술을 마셔도 실수한 적 없다는 자부심. 그 자부심에 금이 가고 만 것이었다. 병석은 제강회사의 철강 영업 국내2팀 팀장으로, 건축물에 쓰이는 구조용 형강과 배수 및 설비에 쓰이는 강관 영업을 담당하고 있었다. 국제 정세로 인해 대기업 제강사부터 영세한 건설사까지 도미노처럼 쓰러질 때에도 병석은 차근차근 승진해 지금의 회사에서 20년째 살아남았고, 병석은 그 비결이 만취 상황에서도 단정한 자신의 성정 때문이라고 생각했다. 영업직으로 수많은 사람을 상대하면서, 병석은 '갑'들이 취중에 수치를 들키는 순간을 많이도 목격해왔다. 병석은 그들의 추한 행태에 장단을 맞추거나 두둔하면서도 그들에겐 없고 자신에겐 있는, 무의식까지 깊게 뿌리를 내린 지성과 교양을 뿌듯하게 여기곤 했다. 병석에게 그 뿌듯함은 중요한 문제였다. 병석은 자신의 성품과 교양과 예절이 김밥집을 운영하며 홀로

두 아들을 길러낸 어머니로부터 나왔다고
믿었다. 어머니는 밤이면 자리를 깔고 누워
어린 병석에게 많은 이야기를 들려주었다.
병석보다 세 살 많은 형은 어머니의 말이
시작되면 등을 돌리고 자거나 산만한
질문들을 쏟아내 야단을 맞았지만 병석은
달랐다. 어머니의 말씀대로 세수할 때면 늘
귀 뒤를 깨끗하게 씻었고 어머니가 골라둔
옷을 순서대로 입고 등교했으며 하교 후엔
곧장 가게로 가 손을 씻은 뒤 숙제를 하거나
어머니가 그날그날 내어준 소일거리를 했다.
어머니는 형보다 병석을 아꼈다. 어머니 말에
따르면 형은 지 애비를 닮은 놈이었고 병석은
자신을 빼닮은 아들이었다. 병석은 어머니를
사람과 물건 보는 눈이 높은 사람으로
기억했다. 매상을 위해 교회에 나가셨던
때에는 병석에게 얼굴도 모르는 사람들의

좋지 않은 점을 들려준 뒤 반면교사 삼으라고 말해주었고, 건강을 위해 절에 다니던 어느 시절에는 스님에게도 좋지 못한 구석은 있다고 일러주셨다. 기준이 높았으므로 어머니는 집에 쓸모없는 물건이 들어오는 걸 끔찍하게 싫어했다. 어린 시절 형과 병석이 미술 시간에 만들어 가져온 것들도 딱 일주일간 자리를 지킨 뒤 쓰레기통에 버려졌다. 형이 장롱 속에 숨겨놓은 찰흙 집도, 병석이 손을 빨갛게 물들여가며 만든 마분지 카네이션도 예외는 없었다.

    서른다섯 병석은 전처를 데리고 인사를 가던 날 전처보다 더 긴장했다. 앞서 두 번의 불통으로 헤어진 연인들이 있었다. 이번에는 다행히 통과였지만 이유는 의아했다. 반찬을 골고루 먹는 걸 보니 고집이 없어 뵈고, 손마디가 투박하니 생활력이 강할 거란 소리였다. 알쏭달쏭했지만 그 말을 듣자 병석의 마음에도 확신이 생겨났다. 상견례를 마치고 식장을 예약한 후부터 결혼 준비는 빠르게 진행됐다. 웨딩 사진을 찍던 무렵 건축설계사인 전처가 프로젝트 팀에 차출돼 포항으로 발령이 났고, 두 사람은 사당에 작은 신혼집을 구한 뒤 얼마간 주말부부로 지내기로 합의를 보았다. 신혼집에 들일 살림들을 봐주겠다고 나선 건 병석의 어머니였다. 너희 같은 초짜들은 가봐야 보는 눈이 없어 덤터기를 쓴다는 거였다. 7월 중순이었고, 전처의 부모님은 경기도 양평에서 펜션을 운영했기에 정신없이 바빴다. 사돈어른이 챙겨주신다니 너무나 감사하다고 전처의 어머니가 전화를 했다.

처음엔 어머니가 고른 가구들을 난처해하던 전처도, 끝내는 어머니가 고집한 침대와 장롱과 식탁이 오래 두고 쓸 정도로 튼튼한 것임을 인정하며 예약금을 걸었지만, 병석의 자취방으로 향하는 지하철 안에서 어쩐지 마음이 이상하다며 약간 울었다. 신혼여행 후 처음 맞은 주말엔 신혼집에 어머니가 계신 걸 보고 병석을 핀잔했고, 어머니가 차려주신 밥상을 받고 어머니가 깎아주신 과일을 먹으면서도 내내 우울한 표정을 지었다. 식을 치른 뒤 맞은 겨울과 봄 사이의 어느 날, 병석은 전처와 일주일간 휴가를 내고 양평 처가에 갔다. 장인어른이 펜션 입구의 남는 공간에 조립식 개집을 짓겠다고 해 전처와 팔을 걷어붙였다. 출산을 앞둔 골든 리트리버 노을이와 새끼들을 위한 집이었다. 전처가 평형을 가늠한 뒤 도면을 그렸다. 병석은 감이 잡히지 않아 캐드를 켰다. 장인과 장모가 그거참

신통하다며 기뻐했다. 칭찬을 받은 병석과 전처는 진지하게 몰입했다. 평탄화도 안 된 땅에 자재도 한정적이라, 본격적인 건축에 들어가면 도면은 쓸모없게 되어버린다는 걸 알면서도, 두 사람은 오랜만에 서로 깔깔대고 깎아내리며 행복한 시간을 즐겼다.

휴가의 마지막 날 노을이는 새끼를 낳았다. 장모님이 한 마리 데려가서 키우라고 말했다. 농담으로 던진 말이었고, 전처도 그럴까? 대꾸하고 넘어갔지만, 병석은 그래도 집 안에서 개는 좀, 이란 말을 하고야 말았고 모녀는 약속이나 한 듯 말없이 강아지만 쓰다듬었다. 휴가에서 돌아온 후로 병석의 어머니는 근무 중인 병석에게 자꾸 전화를 걸었다. 며느리가 자신을 무시한다는 거였다. 그렇게 느끼는 이유는 다양했다. 전처가 전화를 빨리 끊어서, 자기한테 묻지도 않고 멋없고 초라한 협탁을 들여놔서, 포항에 갈 때 가져가라 싸둔 반찬을 안 갖고 가서. 병석은 좀처럼 눈물을 보인 적 없던 어머니가 울먹이는 소리에 놀랐고, 갱년기 우울증의 위험성을 상기했기에 평일 내내 신혼집에 와 있는 어머니에게 이제 그만 오시라고 말할 수 없었다. 어느 날, 귀가한 병석과 식사하던 중 어머니가 피식피식 웃었다. 병석이 왜요, 하고 묻자 숟가락을 내려놓은 어머니가 말했다. 보려고 본 건 아니지만 네 처는 속옷을 접지도 않고 정리함에 그냥 넣어놓더라며 자신의 얼굴이 다 붉어지더라고 했고, 흉보려는 건 아니지만 네 처는 택배로 무슨 옷을 그렇게 많이 시키는지 모르겠다고 했다. 돈도 돈이지만 멋이란 게 부리다 보면 마음이 헤퍼지게 마련이니 잘 간수하라고.

어머니가 골랐잖아요.

병석의 대답에 어머니는 말문이 막힌 듯했다.

어머니가 고른 게 틀릴 리가 없잖아요.

병석은 머리가 지끈거릴 정도로 화가 났지만 식사가 끝날 때까지 어머니의 가르침대로 한 번에 한 가지 반찬만을 입에 넣었고, 먹은 밥그릇은 곧바로 설거지했다.

전처가 이혼을 요구했을 때, 병석은 어머니를 못 오시게 하면 되느냐고 물었다. 전처는 단호하게 고개를 저었다. 더 큰 문제를 갖고 있는 사람도, 자신이 견딜 수 없는 사람도 병석이라고 했다. 병석은 돌을 삼킨 것처럼 목울대가 아파와 주먹을 꽉 쥐었다. 어느 새벽 전처의 핸드폰을 열어보았음을, 거기서 떠올리고 싶지 않은 메시지를 읽고 말았음을 이야기하지 않았다. 굳이 모든 진실을 들춰낼 필요는 없었다. 결론은 같을 거였고 병석은 자신의 문제를 책임지면 됐다. 짧은 결혼 생활을 정리하며, 병석은 숨통을 조여오던 삶의 문제로부터 한 걸음 물러났다. 그게 9년 전의 일이었다.

❖

침대에 드러누운 병석은 자신보다 더 취한 누군가가 시츄를 선물했을 가능성에 대해 생각했다. 개가 아니라 고양이를 키우긴 했지만, 팀원 중에선 입사 동기이자 만년 차장인 홍 차장이 유력했다.

아, 아닌데. 그놈은 분명 내가 택시에 태워서 먼저 보냈는데.

홍 차장을 택시에 밀어 넣던 순간은 선명하게 기억할 수 있었다. 병석은 핸드폰을 열었다. 문자와 카카오톡 기록은 말끔했다.

통화 목록엔 윤 대리와 밤 11시 38분에 7분간 통화한 기록이 남아 있었으나, 윤 대리에겐 모두가 안전히 들어갔는지 확인해야만 잠에 드는 술버릇이 있었기에 특기할 만한 일은 아니었다.

샀거나, 주웠거나, 훔쳤거나. 셋 중 하나였다. 병석은 누운 채 몸을 돌려 시츄를 쳐다보았다. 훤히 드러난 배가 귀여워 한번 만져볼까 싶었지만 그러지 않기로 했다. 병석은 시츄를 기를 생각이 없었다. 어머니에겐 끝내 고백하지 못했지만, 병석은 아이도 원하지 않았다. 어머니처럼 기를 자신도 없었고, 어머니처럼 되지 않을 자신도 없었다.

병석은 침대에서 내려왔다. 시츄 옆에 털썩 앉자 어디선가 쿰쿰한 냄새가 올라왔다. 병석은 손바닥을 펼쳐 자신의 입냄새를 맡고,

팔을 들어 올려 겨드랑이 냄새까지 확인한 후에야 설마, 하며 시츄에게 코를 갖다 대었다. 엄청 귀엽진 않지만, 그래도 이만큼 작고 뽀송뽀송해 보이는 것에서 생전 맡아본 적 없는 냄새가 난다는 것에 병석은 놀랐다. 병석은 시츄를 피해 살그머니 일어나 불을 켰다.

 환장하겠네.

 환한 빛 아래, 어젯밤 병석이 취중에 저지른 말끔한 실수들이 모습을 드러냈다. 배변판은 화장실 앞에, 천으로 만들어진 쿠션형 개집은 TV장 옆에, 분리수거함에는 삐져나온 비닐 포장지가 보였고, 소파 테이블 아래엔 텅 빈 개 밥그릇이 놓여 있었다. 그것들을 보자 병석은 어젯밤 개집을 들고 마땅한 곳을 찾아 허리를 구부린 채 돌아다녔던 것이 퍼뜩 떠올랐다. 냉장고를 열어 벌컥벌컥 찬물을 마시면서는 그 물을 개에게 따라주었던 것도 떠올랐다. 고개를 들어 붙박이장 앞을 보니 과연 자신의 두 개뿐인 밥그릇 중 하나가 바닥에 놓여 있었다. 밝은 불빛에 잠에서 깼는지, 자리에서 일어난 시츄가 몇 걸음 앞의 소파 테이블 밑으로 들어갔다. 그러곤 빈 밥그릇에 몸을 기댄 채 병석을 쳐다보았다. 기를 생각이 없다고 해서 굶길 수는 없는 노릇이었다. 병석은 붙박이장 앞에 있던 그릇에 마시던 물을 따라 시츄 앞에 두었다. 시츄는 찹찹 소리를 내며 물을 마셨다. 시츄가 먹을 만한 것을 찾으려 냉장고를 열자 먹다 남은 서울우유가 보였다. 끓여 주면 되지 않을까, 병석은 우유를 들고 현관과 면한 부엌으로 향했다. 냄비를 꺼내려 하부장을 열자 묵직한 소리를 내며 사료 봉지가 떨어졌다. 동시에 몹시 흥분한 시츄가 몇 번이나 미끄러지며 병석을 향해 달려왔다. 그러곤 그릇에 사료를 부으려는 병석의 손을 세차게 핥다가, 사료 알갱이가 몇 개 떨어지기도 전에 머리를 박고 허겁지겁 삼켰다.

축축한 혀와 끈끈한 침에 질겁하며 병석은 화장실로 가 손을 박박 닦았다. 개를 키우는 데 필요한 용품까지 다 있는 걸 보면, 버려진 걸 줍거나 누군가의 개를 훔친 게 아니라 펫숍 같은 곳에서 산 것 같았다. 그렇다면 다행이었다. 구매했다면 어딘가 결제 기록이 남아 있을 터였다. 병석은 행거에 걸린, 어젯밤 입었던 정장 바지의 주머니를 뒤졌다. 무슨 흔적이 나온다면 시츄를 원래 있던 곳으로 돌려보낼 수 있을지도 몰랐다. 바지 주머니엔 아무것도 없었다. 병석은 이번엔 재킷을 들어 안주머니에 손을 넣었다.

지갑 옆으로 바스락거리는 종이의 질감이 느껴졌다. 병석은 그것을 꺼내 펼쳤다. 애완동물 매매계약서였다.

품종: 시츄.

성별: 수컷.

월령: 3.

판매 시 건강상태: 좋음.

판매 시 특이사항: 없음.

접종 여부: 원충 구충 및 종합백신 1차.

분양금액:

공이 핫, 둘, 셋, 넷, 다섯…… 백오십?

있을 수 없는 일이었다. 매달 나가는 돈이 얼만데, 미쳤다고 내가, 병석은 핸드폰을 확인하러 협탁으로 다가갔다. 어느새 사료를 다 해치운 시츄가 정신 사납게 병석의 다리를 긁어서, 병석은 또 한 번 밥그릇 가득 사료를 부어주곤 침대에 앉았다. 핸드폰을 터치해 은행 앱을 연 병석은 대출금 이자가 빠져나가는 계좌에서 백오십이 이체된 것을 확인했다. 병석은 주먹을 쥐어 이마를 짚었다. 술에 취해 완전히 덤터기를 쓴 모양이었다. 눈앞의 시츄는 유달리 귀엽지도, 특별히 똑똑해 보이지도 않았고, 원룸 구석구석에 공들여 정리해둔 용품들도 죄다 싸구려 플라스틱들이었다. 시츄가 병석에게 다가와 종아리를 긁었다. 병석은 신경질적으로 발을 들며 소리쳤다.

좀 꺼져!

한발 물러선 시츄가 깡! 깡! 하고 짖으며 공격 태세를 갖추는가 싶더니, 병석이 바닥에 오른발을 내려놓자 얼른 다가와 발등 위에 배를 보이고 누워 좌우로 몸을 틀었다. 병석은 그것이 개의 언어로 치면 '항복입니다'라는 것을 알고 있었다. 터지듯 한숨이 나왔다.

병석도 알았다. 시츄에게는 잘못이 없었다. 백오십이 시츄 주머니에 들어간 것도 아니었고, 시츄가 병석의 집에 쳐들어온 것도 아니었다. 귀엽지도 똘똘하지도 않은 데다 고약한 냄새가 진동했지만, 착한 녀석임은 분명했다. 병석은 허리를 구부리고 시츄를 향해 손을 뻗었다. 그러곤 볼록 나온 배를 긁어주었다. 시츄는 속없이 기뻐하며 병석의 손에 온몸을 비볐다. 한참을 쓰다듬어주자 시츄는 아까처럼 배를 드러낸 채 카펫 위를 뒹굴었다.

 손을 거둔 병석은 다시금 애완동물 매매계약서를 펼쳐 천천히 읽었다. 양식이 제법 꼼꼼해서, 병석은 자신이 펫숍에 방문한 시간이 밤 10시 50분이었다는 사실을 알아낼 수 있었다. 하단에 적힌 깨알 같은 글씨를 읽기 위해 병석은 종이를 반으로 접어 얼굴에 가까이 했다.

[애완동물 매매 소비자 피해 보상 규정 항목]

병석은 세상에 소비자보호법이란 게 있음에 감사하며 쾌재를 불렀다.

1) 구입 후 15일 이내 질병 또는 폐사한 경우 판매 업소는 이를 회복시켜 매수인에게 인도한다. 다만 판매업소 책임하의 회복 기간인 30일을 경과하거나 관리 중 폐사하였을 시에는 동종의 애완동물로 교환키로 한다. 교환이 가능할 경우 매수인은 환불을 요구할 수 없다.

1-1) 매수인은 1항의 질병 발생에 대한 소명자료를 첨부해야 한다. 소명자료의 요건은 다음의 조건을 충족시킬 때에만 그 효력이 인정된다.

1-1-1) 수의사의 진단기록.

1-1-2) 파보바이러스, 홍역, 복막염.

2) 매수인은 원인이 불분명한 질병에 대해 판매자에게 권리를 행사할 수 없다.

병석의 표정은 이미 일그러졌고, 나머지 규정은 읽을 필요가 없었다. 계약서가 말하는 바에 따르면 병석은 시츄를 환불할 수 없었다. 시츄에게 혹시 모를 병이 있다면 잘 치료해 병석에게 돌려줄 것이었고, 눈앞의 시츄가 폐사할 경우엔 또 다른 시츄를 병석에게 내어줄 것이었다. 병석은 하단의 서명란에 적힌 자신의 이름과 그 옆에 크게 휘갈긴 서명을 확인했다. 포털을 뒤져 펫숍의 환불 사례를 찾아보았지만, 아픈 동물을 산 뒤 치료비를 보상받으려는 사람들의 질문이나, 펫숍에서 치료를 해주겠다며 데려가 방치한 뒤 동종의 강아지를 데려가라고 내어준 사례를 고발하는 내용만 나올 뿐이었다. 펫숍

입장에선 치료비를 보상하는 것보다 새로운 개를 내어주는 게 더 남는 장사인 모양이었다. 병석 자신도 궁극적으로는 계약서에 서명받는 일을 하는 입장이지만, 이건 아무리 뜨내기 장사라고 해도 너무하다는 생각이었다. 게다가,

♡반려동물은 살아 있는 생명체입니다. 변심 또는 개인 사정으로 인한 교환이나 파양은 절대 불가합니다.♡

-교환 환불 요구 시 강력한 법적제재를 받을 수 있음을 고지함.

하트를 붙여가며 살아 있는 생명체 운운하다가 돌연 차가운 목소리로 법적제재라는 으름장을 놓으며 끝나는 매매계약서라니, 뭐 이런 사이코 같은 계약서가 다 있나 싶었다. 병석은 동물판매업등록번호 아래 적힌 상호명을

확인한 뒤, 그 옆에 적힌 지번 주소를 검색했다. 역삼역 근방인 걸 보니 회식 장소 근처에서 구매한 모양이었다. 오픈 시간은 오후 2시, 지금이 오전 10시 13분이니까……
배가 고팠다. 속이 쓰린 건지 고픈 건지, 여하간에 뭐든 먹어야 할 것 같았다. 병석은 바닥에서 불쌍하게 잠든 시츄를 조심히 들어올려 푹신한 개집 안에 넣어주었다.

    손을 씻고 샤워를 하기 위해 샴푸를 짜던 중, 병석은 블랙아웃의 유력한 원인을 알아냈다. 석 달 전, 팀원 하나가 경쟁사로 이직해 가며 병석은 큰 스트레스를 받았다. 정수리가 너무 비었다고 느낀 건 두 달 전쯤이었다. 이대로 비어간다면 이마와 미간에 주기적으로 맞던 보톡스도 소용이 없어질 거라 생각한 병석은 피부과에 가 탈모약을 처방받았다. 그리고 2주 뒤엔 정신과에 들렀다. 피부과 의사의 제안이었다. 그렇게 처방받은 총 세 알의 약을 한 달 넘게 장복하며 술을 마신 게 어제가 처음은 아니었다. 그동안은 신경 쓰며 조금만 마셨었는데, 그동안도 괜찮았으니 앞으로도 괜찮겠지 싶어 들이붓듯 마셔버린 게 문제가 된 것 같았다. 병석은 전날의 회식 자리를 떠올렸다. 정 이사가 주도하던 회식 분위기는 고문 같았다. 허리를 꼿꼿하게 세운 신입 사원 둘은 정 이사의 농담에 최선을 다해 웃었고, 나머지 팀원들은 피로감에 젖은 채 반박자쯤 늦게 고개를 끄덕였다. 취한 홍 차장이 정 이사의 말에 눈치 없이 끼어들어 자기 이야기를 하는 가운데 병석은 세 시간 넘게 이어지는 1차 자리에서 버티기 위해 연거푸 잔을 비웠다.

    화장실 밖으로 나온 병석은 몸을 닦은 뒤

찬바람으로 조심히 머리를 말리며 이제부터 해야 할 일을 정리했다. 우선 밥을 먹는다. 예정대로 골프 연습장에 간다. 집에 들러 시츄를 데리고 펫숍에 간다. 환불. 그래, 환불은 포기. 백오십은 큰돈이었지만 약 먹고 술 마시면 미친 짓을 하게 된다는 수업료를 낸 셈 치기로 했다. 돈이 아까워 개를 기른다는 건 합리적이지 않았다. 개를 기르는 데 들어갈 비용만 놓고 봐도 그랬고, 회사에 간 평일 내내 시츄를 방치할 수도 없는 노릇이었다. 채권 기일이나 대금 정산 문제로 지방에 있는 고객사에 찾아가야 하는 출장도 잦았지만, 제품에 문제가 생기면 언제고 현장으로 달려가야 했기에 갑작스러운 출장도 종종 있는 편이었다. 신입이 둘이나 들어왔으니 더 바빠지면 바빠졌지 한가해질 일은 없었다. 당장 돌아오는 월요일에도 병석은 홋카이도로

라운딩을 가야 했다. 안 대표는 넷이 짝을 지어 가는, 그것도 여행사를 통해 가는 편안한 라운딩 자리라고 말했지만, 그녀가 고객사 대표인 이상 병석에겐 업무와 무관하지 않은 거절할 수 없는 라운딩이었고, 비즈니스도 비즈니스였지만 병석이 일전에 사적으로 부탁했던 것이 있어 이번 참에 제대로 빚을 갚아야 하기도 했다.

    수건을 던지려고 몸을 틀자 빨래 바구니 속에 누운 시츄가 보였다. 높이가 낮은 바구니 끝에 걸쳐진 빨랫감에 턱을 받친 자세였다. 시츄가 눈썹만 들어 올려 수건을 들고 선 병석을 쳐다보았다. 제 잠자리에 문제라도 있습니까? 하는 느낌이었다. 똥배짱을 부리는 그 표정이 참 귀여워서 병석은 자기도 모르게 웃고 말았다. 병석은 화장실 문고리에 수건을 걸고 뒤돌아 시츄의 밥그릇에 밥을 한가득 부었다. 그러곤 쫓기는 사람처럼 현관문을 나서며 어떻게든 오늘 안에 시츄와 이별해야겠다고 마음먹었다.

2

콩나물국밥에 수란 두 그릇을 추가해 먹은 병석은 개운하게 변을 봤다. 아이스커피 한 잔을 테이크아웃 해 차에 올랐고, 내비게이션 앱을 터치한 뒤 목적지를 찍으려다가 잠시 고민했다. 찌뿌둥하게 남아 있던 숙취가 사라지니 연습이고 뭐고 만사가 귀찮아져 집으로 돌아가 시츄나 좀 지켜보다가 때맞춰 펫숍으로 출발할까 싶었다.

가야지이, 가서 연습을 해야지이이이.

병석은 노래하듯 혼잣말하곤 목적지에 인도어 연습장을 찍었다. 골프야 원래 잘 치고 좋아했지만, 라운딩 간 지가 꽤 된 데다 처음 가보는 골프장이니 몸이라도 풀어둬야 할 것 같았다.

안 대표는 매년 한국에 더위가 찾아올 무렵이면 시간 맞고 마음 맞는 사람들과 함께 홋카이도 라운딩을 떠난다고 했다. 병석은 그 말이 특별하게 느껴졌다. 안 대표에게 있어 자신은 비즈니스 관계를 넘어선 사람이라는 의미 같았다. 풍진 세상 속 계약서를 사이에 두고 만난 인연들 중에도 특별함은 있었다. 병석에겐 해동건설이 그랬다. 해동건설은 안 대표가 이사이고 안 대표의 남편이 대표이던 시절, 병석이 공을 들여 경쟁사로부터 빼앗아와 지금까지 거래를 유지하고 있는 고객사였다. 대표의 갑작스러운 부음에 내막이 있다는 둥, 평택 아파트 시공 현장에서 매장문화재가 발견돼 공사가 중단됐다는 둥, 매각이 유력하다는 전제로 별별 설이 다 돌며 대금 결제를 압박하던 분위기 속에서도 병석은 안 대표가 어떻게든 회사를 이어갈 거라고 믿으며 납기일이 가까워져도 찾아가지 않았다. 그 근거 없는 믿음은 병석을 배신하지 않았다. 병석은 안 대표의 취임 선물로 싱가포르 출장에서 구매해 각인까지 마친 금색 퍼터를 선물했다. 해동건설의 마크인 꿀벌이 새겨진 그 퍼터는 국내에선 구할 수 없는 스펙의 모델이었고, 무엇보다 병석이 사비를 털어 마련한 진정한 의미의 선물이었다.

손 팀장 자네, 낭만을 아는구나. 젊은 친구가 낭만을 알아.

병석은 그때 안 대표의 눈가에 맺힌

눈물을 보며 진정한 영업의 맛을 느꼈다. 어느 구름에 비 들었는지 모른다는 심정으로 이곳저곳 쫓아다니는 순간에는 느낄 수 없는 맛이었다. 사람의 가치를 알아보고 마음을 사는 것. 그게 진짜 영업이었다.

그런 순간을 맛본 지도 참 오래되었구나, 하고 병석은 생각했다. 내년이면 병석은 마흔여덟이었다. 운이 따라준다면 본부장을 달 수도 있겠지만 정 이사가 나타난 후의 분위기로 봐선 쉽지 않을 것 같았다.

정 이사는 대표의 처삼촌으로, 그가 처음 등장했을 때까지만 해도 병석은 그를 대표가 자금 세탁을 위해 앉혀놓은 고액 연봉의 허수아비라고 생각했다. 일주일쯤 출근하다 모습을 감추겠지, 생각했고 병석뿐만 아니라 모든 사람이 그렇게 생각하는 분위기였다. 철강 영업은 기업간 거래로 이루어지기에 제품은 물론 고객사의 시공 절차에 대한 지식이 없으면 쉽게 간섭할 수 없었다. 누구보다 일찍 출근해 사람 좋은 얼굴로 이 팀 저 팀 끼어들어 점심을 먹고 다니던 정 이사가 두 달에 걸쳐 팀 하나를 공중분해시킨 후에야 영업팀 사람들은 그가 대표가 내려보낸 저승사자였음을 알게 되었다.

무식한 새끼.

옥상에서 담배를 피우거나 변을 보고 휴지를 뜯거나 퇴근 후 차에 올라 쾅, 하고 문을 닫으며 병석은 자주 그렇게 중얼거렸다. 팀을 없애는 건 정말이지 무식한 방식이었다. 정 이사가 없앤 1팀이 특별히 실적이 떨어지거나 실수가 많은 것도 아니었다. 룰도 예의도 없이 아무렇게나 날아오는 주먹에 속절없이 쓰러지고 싶지 않았지만, 기준이 무엇인지 알 수 없으니 병석은 대비도 방어도

할 수 없었다. 1팀이 맡고 있던 거래처를 남은 네 개 팀이 덜고 얹어 분장을 마쳤다. 병석의 팀원들은 자연스레 격무에 시달렸다. 제조 공장까지 뻗친 대대적인 인원 감축에 이미 계약한 건에 대한 납품 기일조차 맞출 수 있을지 불확실한 상황이 이어졌다. 5000톤을 보내기로 한 곳에 2000톤을 우선 조달하고 나머지 3000톤은 추후 배송하기로 고객사와 협의한 뒤, 병석은 회사가 미쳐 돌아간다고 생각했다. 물류 트럭이 움직이며 길에 버리는 기름 값만 해도 비효율적이었다.

시팔 뭔 동네 구멍가게도 아니고, 안 그러냐?

점심을 먹은 뒤 박 과장과 옥상으로 가 담배를 피우며 병석은 말했다. 박 과장이 맞장구치며 미래를 도모하는 말을 꺼내주길 기다리던 병석에게 박 과장은 착잡한 얼굴로

실없이 웃으며 말했다.

저는 예전부터 그렇게 생각했거든요.

겨울이 완전히 물러나지 않은 봄이었기에 옥상은 쌀쌀했고, 병석은 어깨를 잔뜩 움츠린 채 박 과장을 바라보았다.

이렇게 해도 되나 싶게 일을 처리해도 굴러는 가지 않습니까.

병석은 고개를 주억거렸다.

해동건설 아파트 건만 해도 말입니다. 그 정도 규모에 이런 발주량이요, 말이 안 되지 않습니까.

병석은 그 말이 묘하게 거슬렸다. 마치 그게 병석의 책임이라는 것처럼 들렸다.

중국산이랑 섞어서 쓰겠지.

진짜 그렇게 생각하십니까?

경호야, 우리가 현장 감리냐, 엘에이치냐. 춥다, 들어가서 우리 걱정이나 하자.

그렇게 말한 뒤 병석은 몸을 틀었다.

먼저 들어가세요. 저는 통화 좀 하고 가겠습니다.

허, 병석은 계단실 문을 열고 한 계단 한 계단 발을 내디디며 헛웃음을 지었다. 평소와 달리 선을 긋는 듯한 태도에 기분이 나빴지만 한편으론 이해되기도 했다. 젊음이란 게 그랬다. 어쩌다 하나 알게 된 것 같으면 전부 통달한 양 으스대고 싶고, 바로잡아 고쳐야 할 것들만 눈에 들어오고. 박 과장은 이런 일이 낯설 테니 씹어가며 버티는 자신이 우스워 보일지도 몰랐다. 하지만 버텨온 세월이 자그마치 20년이었다. 병석도 회사 돌아가는 꼴을 몰라서 그런 우는소리를 한 게 아니었다. 대내적으로나 대외적으로나 부침이 있을 때면 이러다 곧 망하는 게 아닌가 싶었지만, 어느새 정신을 차려보면 박 과장 말처럼 회사는 또

기형적인 방식으로 굴러가고 있었고 병석은 일하고 있었다.

❖

[군자가 예절이 없으면 역적이 되고, 소인이 예절이 없으면 도적이 된다.
—明心寶鑑]

박 과장이 나간 뒤 병석은 카카오톡 상태 메시지를 명심보감 명언으로 바꿨다. 그렇게 도덕적인 놈이 경쟁사로 홀랑 이직을 해서.

병석은 왼손에 장갑을 끼고 7번 아이언을 쥔 채 타석에 올랐다. 탕, 탕, 사방에서 공이 날았다.

[우물쭈물하다가 내 이렇게 될 줄 알았지
—George Bernard Shaw]

병석은 박 과장의 상태 메시지가 바뀐

순간을 기억했다. 그만둘 즈음 박 과장의 태도를 떠올려보면 자길 향해 하는 말이 분명한 것 같았다.

정 이사의 등장으로 영업팀에 긴장감이 돌기 시작할 즈음, 술자리에서 병석이 회한을 토로하며 정 이사를 씹을 때면 박 과장은 함께 회사를 나가서 뭐라도 시도해보자고 했다. 그러면 병석은 그런 박 과장의 마음씨에 감동해 와락 어깨동무를 걸었고, 그래, 너라면 내가 뭐든 같이할 수 있겠다고 답했다. 물론 감동했다고 해서 창업할 생각은 없었다. 병석은 퇴직 후 창업만큼 망하기 좋은 루트도 없다고 생각했다.

박 과장은 병석에게 고향 해남으로 돌아가 부모님의 식당 경영을 도울 거라고 말했다. 몇 번 말려도 보고 화도 내봤지만 소용없었다. 박 과장이 퇴사한 뒤, 정 이사는 박 과장이 맡았던 기존 고객사는 물론 협상 진행 중이던 신규 고객사, 물밑 작업을 진행하고 있던 업체들의 데이터베이스를 전부 넘기라고 했다. 병석은 그 의중을 몰랐으나 질문 한 번 못하고 그러겠다고 답했다. 왜소해진 팀을 생각하면 숨통이 조여왔다. 팀원이 줄면 두당 실적도 줄고 그러면 병석이 받는 인센티브도 덩달아 줄었다. 그보다 이 상태에서 한 명이라도 더 관두면 1팀 꼴을 면치 못할 게 뻔했다. 병석은 팀원들의 눈치를 살피기 시작했다. 갈수록 힘이 빠지고 기강이 해이해지는 게 느껴졌지만 나무랄 수가 없었다. 박 과장이 나가자마자 병석은 어렴풋이 알고 있던 사실을 체감했다. 그동안 팀원들은 덤터기를 쓸까 두려워 작은 일에도 호들갑을 떠는 홍 차장 대신 박 과장에게 손을 내밀었을 거였다. 병석은 이 나이 먹고,

이 짬밥에 이것까지 해야 하나 싶은 일들을 처리하다 말고, 몰려드는 외로움에 그만둔 1팀 팀장에게 연락을 해볼까 고민도 했다. 진짜 문제는 아직 시작되지 않았다는 걸 몰랐을 때의 일이었다.

    병석은 두 차례 빈 스윙을 한 뒤 공을 안착시킬 150미터 지점을 짧게 바라보았다. 그러곤 공에 시선을 고정한 채 백스윙을 올렸다. 팔꿈치를 곧게 펴며 빠르게 다운스윙하자 공이 제대로 맞은 소리가 났다. 병석은 시선을 멀리 해 공을 좇았다. 병석이 보낸 하얀색 공이 새처럼 날아 150미터 근방에 안착했다. 정 이사를 생각하며 날린 공이었다. 속으로 재미있는 상상이라도 하는 것처럼 슬며시 올라간 정 이사의 입꼬리와 순하게 처진 눈꼬리를 떠올리면 다운스윙

스피드부터가 달라졌다.

　　박 과장이 경쟁사로 스카우트 제안을 받아 퇴사했음을 알려준 건 정 이사였다. 날씨 이야기라도 하듯 편안한 목소리였다. 병석의 얼굴이 충격으로 굳어지는 모습을 정 이사는 빤히 쳐다보았다. 정 이사는 계속해서 질문했다. 고객사 관리에 대한 가벼운 질문부터 시작해 날짜나 금액처럼 곧바로 대답하기 어려운 질문을 이어가다 어째서 박 과장 하나가 나갔을 뿐인데 병석의 팀이 맥을 못 추는 것처럼 보이는지 물었다. 병석은 적당히 선을 그으며 여유롭게 대답했다. 숫자와 관련된 질문은 정확히 알아보고 전달하겠다고 했고 최근에 미팅한 고객사 대표와 나눈 이야기를 들려주었으며 하하, 하고 웃으며 역으로 인력 충원을 요청하기도 했다. 정 이사는 너털웃음을 지으며 고개를 갸웃거렸다. 정말 모르겠다는 느낌으로.

박 과장 거취를 알고 있었어요?

예?

두 사람 친했잖아요? 알고 있었다면 문젠데, 몰랐다고 해도 그냥 넘어갈 일은 아닌 것 같고…… 내가 머리가 아프지 않겠어요?

병석은 능치지도 웃지도 못한 채 정 이사의 의중을 살피려 노력했다. 이런 일은 비일비재하다고 답해줘야 하나? 근데 그게 저 인간이 원하는 답일까, 쓸데없는 생각 좀 그만하고 밖에 나가 뜀박질이라도 하라고 소리칠까? 그러면 의심에서 벗어날 수 있을까. 병석은 도무지 그에게 어떤 답을 줘야 할지 알 수 없었다. 침묵을 이어가던 병석은 정 이사의 눈을 바라보았다. 그리고 천천히 정 이사의 표정과 몸짓을 따라 했다. 다리를 넓게 벌리고 의자에 살며시 등을 기댄 뒤 팔짱을 끼고

허탈하게 미소 지었다. 고개를 갸웃거리며, 정말 모르겠다는 듯이.

나가서 일봐요.

정 이사는 자리에서 일어난 병석에게 손짓한 뒤 서랍을 열어 사탕 몇 개를 쥐여주었다.

정 이사의 방에서 나와 자신의 자리까지 걸어가는 동안 병석은 눈앞이 하얘지는 것을 느꼈다. 사탕을 쥔 손에 땀이 찼다. 정 이사가 박 과장이 맡았던 일을 가져가 타 팀에 맡긴 정황이 떠올랐다.

건물에 들어가는 재료가 철근만 있는 건 아니었다. 병석은 해동건설이 박 과장이 이직한 경쟁사의 주요 고객사이기도 하다는 걸 알았다. 병석은 안 대표에게 전화를 걸었다. 다급한 마음으로 자초지종을 설명하다 보니 중언부언이었다. 안 대표는 당황한 것 같았으나 부드러운 말투로 무슨 말인지 알아들었으니 결론을 얘기하라고 했다. 박 과장의 스카우트 제안을 철회해달라 부탁한 건 순간의 분노였을까? 병석은 되짚어보았으나 이미 벌어진 일이었으므로 오래 생각하지는 않았다. 먼저 배신한 쪽은 그쪽이었다. 스카우트 제안 철회가 얼마나 비일비재한데, 그러게 계약서를 쓰고 퇴사를 했어야지, 병석은 박 과장이 배신과 부주의의 대가를 돌려받은 거라고 생각했다. 병석은 옥상의 흡연구역으로 향하는 정 이사를 따라갔다. 그러곤 날씨 이야기를 꺼내다 문득 생각났다는 듯, 자신이 박 과장을 실업자로 만든 경위를 설명했다. 이야기를 듣던 정 이사의 몸이 병석 쪽으로 기울었다. 정 이사가 병석의 어깨에 팔을 두르곤 힘주어 흔들었다. 돌아오는 월요일에 병석은 인력충원 소식을 들었다. 그제야 간신히 위기에서 벗어난 느낌이었다. 수없이 겪어왔던, 우선은 살았다는 그 느낌. 따라오는 비참함이나 외로움 같은 건 언제나 그다음의 문제일 뿐이었다. 병석은 그런 감정은 쉽게 잊을 수 있다고 생각했다.

병석은 100미터 지점과 150미터 지점을 번갈아 보며 공을 보냈다. 슬라이스가 나면 마음을 가라앉히고 어드레스를 다시 했다. 어깨에 힘을 빼고 다시, 머리가 흔들리지 않게 신경 쓰며 또다시. 병석은 어느 정도 감을 익힌 뒤 허리를 폈다. 타석 옆에 세워둔 골프백에서 드라이버를 빼 잡았다. 이제 공을 더 멀리 보낼 차례였다. 병석은 몇 번의 빈 스윙 뒤 클럽 헤드와 공의 위치를 확인하고 쓸듯이 스윙했다. 다운스윙이 좀 급했나 싶었지만 깡! 하는 소리와 함께 공은 포물선을 그리며 곧게 날아갔다. 멀리 날아가는 공을 보고 있자니 집을 나설 때보다 마음이 한결 가벼워진 느낌이었다. 골프는 다른 구기 종목과는 달리 연습에 짝이 필요하지 않았다. 움직이는 공을 쳐 점수를 내는 것이 아니라 자신이 원하는 위치에 공을 안착시키면 됐다. 병석은 골프의 그런 점이 편안했고 마음에 들었다.

    병석은 부양가족이 없는 고액연봉자는 어딜 가나 정리해고 1순위라는 걸 이해할 수 없었다. 가족이 없다고 빚도 없는 건 아니었다. 가족 없는 사람은 잠깐 쉬며 이직을 고려할 수도 없었다. 또, 가족 없는 사람은 아파도 스스로 돌봐야 했다. 병석이 느끼기에 대부분의 사람들은 가족이 없는 사람은 당연히 외로움과 싸울 것이며 당연히 자유로울 거라고 생각하는 것 같았다.

글쎄, 병석은 별로 외롭지 않았고 그다지 자유롭지도 않았다. 무 한 통을 사다가 일주일 내내 이것저것 끓이고 볶고 졸여가며 먹어 치우는 게 소소한 기쁨이었고, 2년 전 화재로 어머니가 돌아가시며 생긴 화재소송 비용과 손해배상액을 갚는 게 부담이었다. 외로운 것까진 모르겠지만, 가끔 전처가 보고 싶을 때는 있었다. 애써 차린 음식 앞에서 입맛이 돌지 않을 때 그랬다. 전처와 헤어진 뒤에야 병석은 세상에 음식을 맛있게 먹는 사람이 드물다는 걸 알았다. 그런 드문 사람 중 하나가 자신의 전처였다는 것도.

    병석은 생각했다. 이제껏 자신이 날린 인생 속 수많은 공들을 책임지며 살아왔다고. 자기 자신의 하중을 견디는 것만도 이제는 버겁다고.

    둔탁한 소리와 함께 병석이 날린 공이

오른쪽으로 크게 휘었다. 스크린이었다면 누군가 공에 맞았을 수도 있었고 필드였다면 러프에 빠졌을 각도였다. 잡생각이 든 탓에 스윙에 체중이 실린 것이 문제였다. 병석은 신중히 어드레스 하곤 앞에 놓인 거울로 자세를 확인했다. 오른 어깨를 살짝 내리고 손목이 꺾이지 않도록 주의하며 스윙하자 공이 똑바로 나아갔다. 공이 날아가는 방향을 바라보며 자세를 고치고 스윙을 하는 동안 병석은 박 과장에 대한 생각을 정리했다. 그래, 박 과장의 공은 해저드에 빠진 것뿐이었다. 그건 박 과장이 수습해야 할 일일 뿐 바람의 탓이나 클럽의 탓은 아니었다.

    거듭 드라이버 샷을 날린 병석은 땀을 식히려 잠시 타석에서 내려와 대기석에 앉았다. 핸드폰을 확인하니 윤 대리에게 전화가 와 있었다. 병석은 회식 때 자기가 모르는 문제가 있었나 싶어 얼른 통화 버튼을 눌렀다.

팀장님, 숙취 괜찮으십니까?

어어, 말해.

병석은 앞니로 장갑 끝을 물어 벗은 뒤 땀이 찬 손바닥을 펼쳤다.

아, 어제 일 때문에 걱정돼서요. 공 치러 가셨어요?

병석은 멈칫했다. 걱정을 하다니. 회식 장소에서 있었던 일들은 드문드문이나마 기억이 났고 별다른 일이 없었는데.

왜 걱정을 해? 어제 나 뭐 했어?

기억 안 나세요? 어제 제가 전화드렸을 때 막 화내셨어요. 너도 나를 나쁜 놈이라고 생각하냐면서…… 우셨거든요.

울어?

네.

미친놈이네.

네? 아뇨, 그런 건 아니고요.

병석은 그만 끊고 싶었다. 하지만 윤 대리는 그럴 생각이 없는지 잠깐의 침묵 끝에 말을 이었다.

근데 진짜 강아지 키우세요?

어깨에 핸드폰을 끼운 채 장갑을 조물락거리던 병석은 얼음이 되었다.

내가 너한테 강아지 키운대?

와, 전혀 기억 안 나시는구나. 어제 통화할 때 강아지 짖는 소리 들리길래 제가 개 키우시냐고 물어봤더니, 구슬프게 우시면서 혼자 사는 남자가 개 키운다니까 우습냐고…….

회식 자리에선 별일 없었던 거지?

홍 차장님 많이 취하셨던 건 기억하세요?

아잇, 자꾸 물어보지 말고 그냥 대답해줘.

신입들과 함께한 어제의 회식에는 정 이사도 같이 있었기에 병석은 초조했다.

죄송합니다. 취하신 걸 처음 봐서 좀 놀리고 싶었습니다. 별일 없었고, 회식은 팀장님 가시고 얼마 안 있다가 파했습니다.

그래. 고맙다. 주말 잘 보내고.

팀장님.

윤 대리가 다급하게 병석을 불렀다.

제가 표현을 못한 것 같아서요. 저 팀장님 좋은 분이라고 생각합니다. 저희 생각해주시는 것도 알아요. 출장 갈 때 운전도 대신 해주시고. 나쁘다고 생각해본 적 없으니 오해 마시라고요…….

병석은 윤 대리가 고집스레 입고 다니는, 사회 초년생 특유의 콕 집어 말하기 어려운 어설픈 정장 차림이 떠올랐다. 스무 살은 족히 어린 녀석에게 위로를 듣고 있자니 병석은 마음이 좀 이상했다.

어…… 고맙다.

으쌰으쌰 해봐요.

그래.

많이 힘드시면 골프도 좋지만 땀 흘리는 헬스도 괜찮고요. 팀장님 피티 같은 거 받아보신 적 있으십니까?

그래, 고민해볼게. 주말 잘 보내라.

아, 네.

끊는다.

성정이 다정한 대신 말이 많은 게 윤 대리의 단점이었다. 그나저나 술에 취해 울기까지 하다니, 약과 술 둘 중 하나는 끊어야겠다고 다시금 다짐하며 병석은 의자에 핸드폰을 내려놓고 먼 곳을 보았다. 병석의 머릿속에 그날 회식 자리에 함께한 팀원들이 한 명씩 떠올랐다. 윤 대리, 김

대리, 서 계장, 홍 차장, 두 명의 신입 사원. 그러다 느닷없이 마주 댄 두 주먹이 떠오른 순간, 병석은 가늘게 뜬 눈을 질끈 감고 양손으로 관자놀이를 짚었다. 날아오는 공을 피해 움츠린 것 같은 자세였다. 병석은 어젯밤 삼겹살집 골목에서 있었던 일을 기억해냈다. 정 이사가 던지고 자신이 받았던 말. 병석은 주먹을 쥔 채 제발 질문하지 말고 답을 말하라고 소리쳤다. 정 이사가 병석을 토닥였다. 네 팀엔 노는 놈이 너무 많다. 그러니까 네가 힘들지. 너랑 박 과장이 두당 2인분 이상을 하고 있었으니까. 너 고생하는 거 내가 다 안다. 내가 사원 둘을 들여놔줬으니 너는 홍 차장부터 시작해서 하나씩 털어내라. 고민이 생기면 지금처럼 나누면서 같이 으쌰으쌰 해보자. 회사가 긴축을 하는데 난들 어쩌겠냐. 나 그렇게 나쁜 놈 아니야, 나도 너만큼이나 고독한 놈이야. 정 이사가 내민 주먹에 병석은 자신의 주먹을 들어 올려 맞댔다.

그 순간을 기억해낸 건 병석의 머리가 아니라 마음이었다. 주먹을 맞대던 그 순간, 병석은 순식간에 덮쳐온 안도감이 찝찝하게 남아 있던 긴장을 쓸어가는 것을 느꼈다. 정 이사와 한편이 될 수 있었던 건 병석이 해낸 일들 덕분이었다. 정 이사의 질문을 해석해 박 과장에게 치졸한 복수를 하고, 팀원들을 버리자는 정 이사에게 무언의 긍정을 하고. 그것으로 지금껏 해왔듯 자기 자리를 지켜나가고.

고개를 번쩍 든 병석의 눈앞에, 푸른 허공을 가로지르는 수십 개의 공들이 보였다.

전처가, 어머니가, 박 과장이 그랬듯이 병석도 누군가로부터 떠나고 싶었다. 하지만 그럴 수 없을 거였다. 지금껏 그래왔듯 많은 것들이 병석을 떠날 거였고, 병석은 보내야 할 것이었다.

3

펫숍이 차를 대기 어려운 곳에 있어서, 병석은 인근 공영 주차장에 주차한 뒤 시츄를 안고 걷기 시작했다.

출발하기 전 병석은 시츄를 차량 발판 위에 놓을지 시트에 앉힐지 고민했다. 혹시나 시츄가 카시트에 똥이나 오줌을 쌀까 봐 걱정이었다. 집에 왔을 때 시츄는 배변판 위에 설사를 지려놓고, 현관에는 토를 해놓은 채 빨래 바구니 안에서 단잠을 자고 있었다. 전날 술을 마신 건 자신인데 숙취에 시달리는 건

꼭 시츄 같다고 생각하며 병석은 그것을 닦고 치웠다. 병석은 챙겨온 수건을 접어 조수석 시트에 깐 뒤 시츄를 올렸다. 아침까지만 해도 아무 생각이 없었건만 막상 보낼 때가 되자 병석은 시츄에게 미안한 마음이 들었다. 우려와는 달리 시츄는 운전하는 내내 아무런 실례도 하지 않고 얌전히 몸을 웅크리고 있었다. 병석이 그간 생각해왔던 보통의 개와 좀 다른 것 같았다.

펫숍은 회사 건물로부터 도보로 30분, 회식 장소로부터는 20분 정도 떨어진 곳에 있었다. 지도로 확인했을 땐 주택가 한가운데 있어 위치가 가늠되지 않았는데, 목적지에 가까워지자 병석은 취중에 자신이 왜 그곳을 향해 걸었는지 알 것도 같았다. 박 과장이 자취하던 빌라가 있는 곳이었다.

병석은 박 과장의 집에서 몇 번 잔 적이

있었다. 병석이 차장이고 박 과장은 사원이던 시절, 병석은 박 과장을 데리고 거래처 미팅에 나갔다. 박 과장에겐 그게 첫 미팅이었는데, 고객사 담당 직원들이 텀을 두고 두어 명씩 합류한 탓에 술자리가 의도치 않게 길어진 날이었다. 새벽녘, 택시를 잡으려는 병석에게 박 과장이 자신의 자취방에서 자고 함께 출근하면 어떨지 물어왔다. 그럴까, 하고 말한 뒤 병석은 박 과장의 반응을 살폈다. 편한 사이는 아니었기에 빈말이 아닐지 의심됐다.

정말입니까?

박 과장은 병석에게 술을 더 마실지 묻지도 않고 바쁘게 편의점으로 들어가 속옷이며 칫솔, 이름 모를 술과 음료와 얼음을 잔뜩 사더니, 집에 와서는 병석이 샤워 후, 내어준 옷으로 갈아입는 사이 고향에서 부모님이 보내준 음식을 데워 술상을 차렸다.

그러곤 요즘 애들 사이에서 유행한다는 이름의 술을 차례로 만들어주며 병석에게 맛을 물었다. 두 사람은 그렇게 날이 샐 때까지 수다를 떨다가 두 시간쯤 눈을 붙이고 출근했다.

박 과장은 병석의 모친상에서 밤을 새워주기도 했다.

귀한 휴가를 왜 이런 데 쓰냐. 집에 가라.

팀장님이 배려해주셨습니다. 괜찮습니다.

박 과장은 병석이 고용한 상조 회사 직원처럼 돌아다니며 일했다. 사라져서 보면 신발을 정리하고 있고, 또 사라져서 보면 부의금함 앞에 앉아 있고, 병석에게 슬쩍 다가와 식사가 좀 모자라다는데 오늘 더 오실 분들 있을까요, 하고 묻거나 근조 화환은 혹시 몰라서 제가 다 사진 찍어두고 있습니다, 하고 말했다. 병석의 형은 어머니의 부음을 듣고 전화를 끊은 뒤, 얼마 후 병석에게 다시 연락해 오십 정도만 송금해달라고 했다. 그러곤 입관식에 늦을 것 같다고 알려왔다. 출입국 사무소에서 자길 끌고 갔다고. 전화통을 붙들고 한숨을 푹푹 쉬는 병석의 곁에 앉아 있던 박 과장은 통화 내용을 건너 들었는지, 자기가 입관식 시간을 미룰 수 있는지 알아보고 오겠다며 자리를 떴다.

형은 구릿빛으로 그을린 피부에 커다란 보스턴백을 든 채 검은색 정장을 입고 나타났다.

그렇게 입고 비행기 탄 거야?

병석이 작은 목소리로 묻자, 형은 그래야 되는 게 아니냐고 했다.

7월이잖아. 베트남에서 그러고 오면 당연히 잡히지. 여기 다 대여해주는데.

그러냐?

형은 무심히 말하며 상주 휴게실 한쪽에 걸린 자기 몫의 정장을 쳐다보았다. 그러곤 털썩 쪼그려 앉아 가방을 열었다. 그때 박 과장이 미닫이문을 열고 들어왔다. 형은 박 과장에게 손을 내밀어 악수를 청하곤 당신이 복이 있다며 여기 앉아보라 말했다. 형은 가방 속에 손을 넣고 고민하다가 말린 망고 한 묶음과 하와이안 셔츠를 꺼냈다. 더불어 특별한 걸 주겠다며 비닐에 싸인 벨트도 박 과장 앞에 건넸다.

시팔 돌겠네, 진짜.

고개를 들어 자신을 바라보는 두 사람을 남겨놓은 채 병석은 자리를 떴다.

병석은 부하 직원에게 그런 모습을 들켰다는 게 귀가 붉어질 만큼 부끄러웠다. 괜히 꼴만 우습게 됐다는 생각과 박 과장이 자신을 무시할 거란 피해의식에 사로잡혀

고맙다는 말도 못 했다는 걸 병석은 지금에야
상기했다. 화재로 인해 정리하고 증명하고
처리하고 합의할 일들이 꼬리에 꼬리를 물고
이어졌기에 생각지 못했던 그 시절 자신의
모습이 이제 와 선명해져 병석의 마음을
잡아끌었다. 박 과장은 병석을 도왔다.
병석이 마땅히 져야 할 짐을 나눠 졌고,
병석이 웃다가 정색하고 화를 내면 그것이
부당할지언정 사과했다. 병석은 정 이사에게
박 과장의 이직 사실을 들었던 날이 떠올랐다.
그날 병석은 귀가하자마자 냉동실을 열었다.
박 과장이 그간 고향에서 공수 받아 깨끗하게
덜어서 건넨 전이며 얼린 국, 밑반찬을 꺼내
쓰레기통에 넣었다. 큰 통 가득 담긴 김장
김치도, 찬장에 두고 먹던 죽염도. 병석은
짜증이 일 만큼 무겁게 늘어진 20리터 종량제
봉투 두 개를 수거함에 힘차게 던져 넣던

순간을 떠올렸다.

❖

펫숍은 코너에 위치한 신축 빌라 1층에 있었다. 걸음을 멈춘 병석은 뺨을 타고 흐르는 땀을 닦았다. 햇살이 강하기도 했고 품에 안은 시츄의 온기도 제법 뜨거웠다. 시선을 멀리 두자 한 블록 너머에 큰길이 보였다. 취한 채 개를 사고 도로로 나가 택시를 잡아 귀가한 모양이었다.

가만히 있어 이 녀석아.

긴장을 한 건지, 얌전히 안긴 채 세상 구경을 하던 시츄가 펫숍 앞에 도착하자 낑낑대며 병석의 품을 벗어나려 했다.

병석은 어깨로 문을 밀고 펫숍 안으로 들어섰다. 에어컨 바람으로 가득 찬 실내의

서늘한 공기가 훅 끼쳤다. 병석이 들어섬과 동시에 강아지들이 몹시 짖었다. 진한 방향제 냄새와 뒤섞인 분변 냄새를 맡자마자 병석은 그곳에서 나오던 어젯밤 자신의 모습을 떠올렸다. 땅이 솟는 것 같아서 몇 번을 비틀거리며 나오던 기억이었다.

　주인은 보이지 않았다. 시츄가 병석의 품에서 벗어나려 깡깡 짖고 발버둥 쳤다.

　계세요?

　병석은 시츄를 바닥에 내려놓았다. 수건을 털어 카운터 바깥쪽 의자에 걸어두었다.

　아무도 안 계세요?

　덧문 열리는 소리가 들리며 카운터 안쪽의 작은 공간에서 마스크를 낀 덩치 큰 남자가 느릿느릿 걸어 나왔다. 기억나는 얼굴은 아니었다.

　어떻게 오셨어요? 하고 묻는 남자의

시선이 어어, 하며 바닥을 향했다. 뿌드득, 하는 소리에 병석도 뒤돌았다. 시츄가 펫숍 바닥에 설사를 하고 있었다. 당황한 병석은 서둘러 카운터에 놓인 두루마리 휴지를 들고 바닥을 닦았다. 닦는 사이 시츄는 몇 걸음 떨어진 곳에 또 설사를 했다. 병석은 휴지통을 찾으려 고개를 돌리다 남자를 쳐다보았다. 그는 가만히 서서 병석을 내려다보고 있었다.

쓰레기통 없습니까?

병석이 물었다. 남자는 대꾸하지 않고 나타났던 곳을 향해 사라졌다. 싸가지 없는 놈이네, 병석은 생각했다. 다시 나타난 남자가 병석에게 다가오더니 일회용 비닐봉지를 흔들었다. 병석은 채듯이 그것을 건네받았다. 시츄가 쪼그리고 앉아 바닥을 닦는 병석의 엉덩이 아래로 들어갔다. 병석이 밀어내자 이번엔 신발 옆에 몸을 딱 붙인 채 덜덜

떨었다. 병석은 시츄를 들어 올렸다. 엉덩이에 묻은 변을 여러 번 닦아냈다.

사장님 되십니까?

병석은 수건으로 감싼 시츄를 껴안은 채 몸을 일으켰다. 주머니에서 애완동물 매매계약서를 꺼내 데스크에 올렸다. 남자는 병석이 내민 종이를 펼쳐보지도 않은 채 콧등을 긁었다.

그런데요.

말투가 너무 상냥하셔서 알바가 했지.

남자의 표정이 구겨졌다. 병석은 환한 미소로 화답한 후 품에 안은 시츄를 살짝 들어 올렸다.

제가 어제 여기서 애를 샀는데.

남자는 병석의 말이 끝나기도 전에 애완동물 매매계약서를 들곤 절차상 CCTV를 확인해야 하니 기다리라며 사라졌다.

무식한 새끼, 병석은 작게 중얼거렸다. 계획의 성사 여부를 기다리는 건 언제나 지리멸렬했지만 가능성이 있는 한 인내심을 가져야 했다. 병석은 시츄를 안은 채 펫숍 안을 천천히 둘러보았다. 벽면에 병석의 집에 있는 용품과 똑같은 것들이 진열되어 있었다. 종류도 몇 없는 데다 하나같이 조잡하고 비쌌다. 병석은 몸을 돌려 강아지들이 전시된 쇼케이스를 바라보았다. 바닥에 깔린 패드엔 오줌 자국이 선명했고 밥그릇에 변을 본 녀석도 있었다. 강아지들 대부분이 눈곱과 말라붙은 분변으로 지저분한데 반해 쇼케이스의 유리는 의문스러울 정도로 깨끗했다. 대리석 바닥은 광이 났고 비닐에 싸인 용품들이 걸린 진열대도 말끔했다. 펫숍 안에 있는 어떤 것도 강아지들만큼 더럽지 않았다. 병석은 그제야 시츄에게서 나던

냄새가 개라는 종한테서 나는 자연스러운 냄새가 아님을 알아차렸다. 재고 창고에 쌓아둔 강관도 저런 식으로 관리하지는 않는데, 살아 있는 것들을 저렇게 두다니, 그 꼴을 자세히 보자 병석은 취중에 자신이 시츄를 구매한 것을 더욱이 이해할 수 없었다. 리본을 두르고 옷을 입은 채 건강하게 돌아다니는 모습이라면 모를까, 이런 지저분한 곳에서 개를 사다니. 게다가 시츄는, 미안하지만 전시장 안에 있는 개들과 비교해봐도 유독 못난 편이었다.

    진짜 미친 거 아니야?

    쟤, 쟤 좀 봐봐. 너무 불쌍해.

    유리문 밖에서 넘어온 젊은 여자 둘의 목소리였다. 병석은 시선을 돌려 여자들이 눈을 떼지 못하는 곳을 보았다. 갈색 푸들이 똥을 먹고 있었다.

어이고.

병석은 질겁했다. 사장이 나오면 바닥 닦을 시간에 개들 눈곱이랑 엉덩이부터 좀 닦아주고, 밥도 좀 넉넉히 주고, 저놈들이 싸놓은 것도 재깍재깍 치워야 장사가 잘될 거라고 조언해주리라 마음먹었다. 그런데…… 잠깐 본 자신도 아는 걸 저 사장 놈이 과연 모를까, 하는 생각이 들었다. 누가 개를 살까, 개는 개를 사랑하는 사람들이 구입할 거였다. 개를 사랑하는 사람은 처음엔 건강하고 귀여운 개를 고를 심산으로 들어섰어도, 안쓰러운 개한테 눈길을 주고 마음을 쓴다. 사랑을 주고자 하는 이들은 사랑을 절실하게 필요로 하는 존재를 알아보는 법이니까. 할 수 있는 것을 기꺼이 해주고 싶고, 편안하고 행복하게 만들어주고 싶으니까. 그리고, 그런 사람은 개가 병들었다고 한들 교환도 환불도 바라지 않을 것이다. 병석은 참으로 영리하게 장사하는 사장의 엉덩이를 한 대 후려쳐주고 싶었다.

슬리퍼를 질질 끄는 소리가 들려 병석은 카운터를 바라보았다. 자신은 시츄를 버리러 온 것이 아니라 돌려주러 온 것이라고 다시금 생각했다. 하지만 돌려준 시츄는 어떻게 되는 거지.

오신 건 확인이 되셨고요, 동물병원 진단서 주시면 확인하고 교환 절차 도와드릴게요.

웬 진단서?

진단서 없으세요?

나는 그냥 개만 돌려드리려고 온 건데. 환불도 필요 없습니다.

저희 파양 안 받습니다.

파양이요?

저희는 동물판매업이지 관리업이 아니거든요? 한 번 나간 강아지는 다시 못 받는다고요.

병석은 맥이 빠졌다. 시츄는 남자가 나타난 이후 계속 떨고 있었다. 남자가 볼펜으로 관자놀이를 긁으며 인터넷 뒤져보면 입양 보낼 곳 많으니 알아서 골라 보내시라고 말했다. 병석은 그냥 준다고 해도 받지 않는 것을 이해할 수 없었다. 남자가 이거 가지고 그만 나가라는 듯, 카운터에 놓여 있던 애완동물 매매계약서를 들어 병석에게 건넸다. 그 순간 병석의 품에서 달달 떨던 시츄가 으르렁거리다 짖기 시작했다. 깡, 깡, 또 깡, 깡. 병석은 종이를 건네받곤 시츄의 몸통을 붙잡으며 뒷걸음질 쳤다.

개 아까 설사도 했잖아요.

남자가 말했다. 시츄는 계속해서 작게

으르렁거렸다. 개똥도 안 치워주는 놈이 설사엔 유난이네, 병석은 속으로 생각했다.

이 사람아, 그래서 내가 치웠잖아요. 개가 뭘 알고 쌌겠어요? 당신은 급할 때 없어?

남자는 카운터에 양팔을 짚었다.

아저씨, 싼 걸 가지고 뭐라고 하는 게 아니고요. 저만한 개가 설사를 한다는 건요, 죽을 수도 있다는 뜻이에요.

병석은 시츄를 안은 채 쫓기듯 펫숍에서 나왔다. 주차장으로 가는 길, 병석은 틀어진 계획에 심란해졌다. 시츄가 아픈 게 사실이라고 해도 자신이 돌볼 시간적 여력이 없었다. 주머니 속에서 진동이 울렸다. 병석은 차에 오르며 핸드폰 화면을 확인했다. 유진종합건설의 유진국 대표였다.

우리 잘생긴 손 팀장, 주말 잘 보내고

있는가.

병석은 고개를 숙이며 그렇다고, 무슨 일이 있느냐고 물었다.

요새 비가 안 왔잖아. 안양 현장 공사가 일찍 끝나서 그런데 강관 좀 빨리 빼줄 수 없을까.

얼마나 빨리요?

최대한 뭐, 월요일에라도.

병석은 시츄를 안은 팔을 어르듯 흔들던 걸 멈추고 조수석 시트 위에 조심스레 시츄를 내려놓았다. 지하 없는 단층 건물 배관에 쓰일 거라 양이 얼마 되지 않으니 가능할 것 같았다.

자세한 건 회사 들어가 봐야 알긴 할 텐데, 오후 도착도 괜찮을까요?

핸드폰 너머로 반색하는 목소리가 들려왔다. 어차피 당일엔 시공을 못 하니 도착만 한다면야 밤 12시에 갖다 던져놔도 된다고.

나 월요일에 현장에 있으니까, 같이 회나 한 사라 하게 손 팀장이 와.

그, 제가 화요일까지 해외 출장이라서요.

해외 출장?

그렇다고 대답하며 다음에 꼭 찾아뵙겠다 말하려던 순간이었다.

혹시 북해도 가?

어떻게 아셨습니까?

해동 안 대표랑 골프?

병석은 깜짝 놀라 그렇다고 대답했다.

으응, 원래 우리 실장이랑 가기로 했었는데 못 가게 됐거든. 그 약속이 거기로 튀었구만. 암튼 알았어, 나랑은 다음에 봐.

유진국 대표는 경쾌한 목소리로 전화를 끊었다. 병석은 잠시 멍해졌다. 일전에 안 대표가 여행사 상품이라 인원을 맞춰줘야 하니 절대 펑크 내면 안 된다고 말했던 것과, 출발 2주 전에 연락했다는 것이 떠올랐다. 뭐, 그만큼 편한 존재라는 거겠지, 함께 가고 싶은 사람이라는 게 중요한 거지, 병석은 대수롭지 않게 생각하기로 마음먹었다. 설사로 수분이 빠져나가 그런지 시츄는 늘어진 듯 보였다. 펫숍 사장의 막말 때문에 괜히 그렇게 보이는 걸지도 모른다고 생각하며 병석은 동물병원을 향해 차를 몰았다.

4

병석은 어깨에 메고 있던 골프백을 현관에 밀어 넣은 뒤 집으로 들어섰다. 화장실로 들어가 비누칠을 여러 번 해 손을 씻었다. 손바닥을 펼쳐 코에 대보니 시츄의 냄새는 지워지고 비누 향기가 났다. 창가로 향한 병석은 단상을 짚고 오른팔을 뻗어 창문을 닫았다. 시츄를 데리러 들렀을 때 맡았던 한낮의 불쾌한 냄새는 다 빠져나가고 없었다. 병석은 좁고 긴 오피스텔 통창 너머, 넓은 하늘에 달랑 하나 떠 있는 구름을 잠시 바라보았다. 날개를 넓게 펼쳐 비상하는 새 같기도 했고, 양쪽 귀를 나풀거리며 어딘가로 달려가는 강아지의 얼굴 같기도 한 모양이었다.

    병석은 카펫을 최대한 작게 접었다. 부엌 서랍을 열어 종량제 봉투를 꺼냈고, 카펫을 넣은 다음 질끈 묶었다. 그러곤 허리를 숙인 채 집 안을 쏘다니며 시츄의 물건을 하나씩 거둬들였다. 밥그릇, 물그릇, 장난감, 사료, 구석에 처박혀 있던 개껌도 발견했다. 병석은 그것들을 배변판 위에 올렸다. 뼈다귀 모양 장난감을 누르자 삑, 삑, 하는 소리가 났다. 병석은 바닥에 앉아 핸드폰을 열어 '파보 바이러스'를 검색했다. '새끼 강아지 파보'도, '파보 후기'도. 수의사는 우보가 절대 생후 3개월이 아니라고 했다. 잘 쳐봐야 2개월이 조금 지난 강아지라고. 너무 어려서 예후가 좋지 않을 것 같으니 기대하진 마시라고. 수의사는 극단적으로 말했지만 병석은 의사들이란 원래 최악을 말하곤 하며, 수의사라고 해서 다를 건 없을 거라고 판단했다. 찾아보니 여러 번 고비를 넘겨 건강하게 살고 있는 녀석의 후기도 있었다. 사흘만 버텨주면 이후론 완치될 확률이 더 높다는 댓글도 확인했다. 지잉, 하는 소리와 함께 핸드폰 상단에 동물병원으로부터 메시지가 도착했다는 알림이 떴다. 병석은 얼른 터치했다.

우보 보호자님께

항구토제 추가 처방 안내와 함께 우보 사진을 보내드립니다.

-영수증 보기

-위치 안내

-채팅 상담

-24시간 수의사가 상주하는 종합동물병원

병석은 '영수증 보기' 버튼을 눌렀다. 처방 내역 옆에 3킬로그램 미만 할인이 적용된 금액 3만 8000원이, 그 옆에는 추가된 야간 할증 비용 1만 1000원이 적혀 있는 것을 확인했다.

병 주고 약 주네.

병석은 전송받은 사진을 누른 뒤 확대했다. 우보는 병석이 건넨 수건을 베개 삼아 벤 채 옆으로 누워 있었다. 하늘을 본 우보의 짧은 오른팔에 링거 줄이 길게 늘어져 있는 것이 안쓰러웠다. 얼굴을 확대하자 병원에서 눈곱을 닦아준 건지 신수가 훤히 드러나, 까만 눈동자가 총명하게 빛나고 있었다. 병석은 동물병원에서 시츄에게 이름을 지어주었다. 이름을 지어주면 본디 정이 붙게 마련이라 피하고 싶었지만 어쩔 수 없었다. 공란으로 두면 전자 접수 화면이 넘어가질 않았다. 우보. 사자성어 '우보천리(牛步千里)'에서 영감을 얻었다. 좋은 주인을 향해 천 리만큼 가거라, 하늘나라에는 소처럼 느리게 가거라, 병석은 그런 염원을 담아 시츄의 이름을 지었다. 그리고 하루치 입원비와 처치비 59만 원을 결제했다. 가슴 쓰린 금액이었지만 어째서 그런 금액이 나온 건지 따져 묻지 않았다. 병석이 생각하기에 개는 차랑 똑같았다. 들인 순간부터 돈이

줄줄 나갔다. 당장 우보가 퇴원해 돌아오면 바이러스가 묻은 싸구려 용품 대신 멋지고 튼튼한 살림살이부터 마련해줘야 했다. 모르긴 몰라도 또 만만찮게 돈이 들어갈 거였다. 놈을 깨끗하게 씻겨야 할 테니 개 샴푸도 사야 했다. 우보를 향기 나게 만든 뒤 리본도 달고 예쁜 옷도 입히면, 누구라도 데려가고 싶은 마음이 굴뚝일 거였다. 우보는 좋은 녀석이니, 호감을 가질 만한 외양만 갖춰준다면 높은 인기를 누릴 것이 자명했다. 객관적인 지표도 있었다. 병석이 알아본 바에 따르면 시츄라는 종은 국내 굴지의 반려견 훈련사가 인정한 세계에서 가장 착한 견종 1위였다. 인터넷 기사에도 나와 있는, 누구나 쉽게 접할 수 있는 정보였다. 사내 게시판, 오피스텔 게시판, 당근마켓 게시판을 비롯한 각종 인터넷 카페에 병석이 종합한 정보와 함께 우보의 사진을 올린다면 너 나 할 것 없이 우보를 데려가고 싶다고 연락해올지도 모를 일이었다. 병석은 내친김에 메모장을 열었다.

　　명견 시츄(3개월) 키우실 분.

　　제목은 그렇게 하면 좋을 것 같았다. 반려견 훈련사의 인증이 실린 포털 기사의 주소를 복사해 붙여 넣은 뒤, 수컷. 기타 용품 모두 드림이라고 적고 나니 무엇을 더 적어야 할지 몰라 병석은 잠시 고민했다. 우보와 함께했던 하루를 되짚어보았다. 새벽부터 뛰어다니던 모습과 종아리를 긁던 모습을 떠올리며 '활발함. 친화력 좋으나 혼자서도 잘 놈'이라고 적었고, 사료를 해치우던 모습과 종아리를 긁던 모습을 떠올리며 '활발함. 식성 좋음'이라고 적었다. 펫숍에서 병석의 편을 들듯 사장을 향해 짖던 모습을 떠올리면서는

'충성심 강하고 우직한 성격'이라고 적었다. 아침에 일어나 머리를 싸맸던 것과는 달리 개를 보내는 데에는 별로 어려울 게 없었다. 병석은 우보가 어떤 주인을 만나도 자신보다는 나을 거라고 생각했다. 적어도 개를 사랑하는 사람일 테니 개를 위해 많은 것을 내어주며 살겠지. 원래가 집 좁은 데서는 살아도 마음 좁은 사람이랑은 못 사는 법이었다. 병석은 옷장에서 캐리어를 꺼내 짐을 꾸리기 시작했다. 홍 차장이며 팀원들에 대한 생각은 나중에 하고 싶었다. 어쩌면, 우보와 마찬가지로 그들을 보내는 일도 생각한 것만큼 어려운 일은 아닐지 모른다는 생각이 들었다. 지난밤 일어난 일들로 시달릴 대로 시달렸기에, 병석은 내일 이 시간에 홋카이도에 있을 거라는 사실이 문득 다행스러웠다. 먼 곳으로 떠나 좋은 시간을 보내며, 그동안 고생한 자신을 위로하고 앞날에 대한 마음가짐을 굳건히 하리라. 단출한 짐 챙기기를 마친 뒤 병석은 책상 위에 올려둔 선물 상자도 잊지 않고 가방에 넣었다. 일행들을 위해 준비한 볼 마크와 공 세트였다. 분위기가 좋다면 출국장에서 산 위스키로 일행들을 꼬드겨 방에서 더 긴 이야기를 나눌 수도 있었다.

 집에서 새벽 5시에는 출발해야 했기에 병석은 씻은 뒤 일찌감치 잠자리에 누웠다. 핸드폰을 터치해 18인치 캐리어와 골프백을 실을 수 있는 승합차형 택시가 제대로 예약됐는지 확인했고, 제시간에 설정된 알람도 확인했다. 병석은 두 손을 모아 배꼽 위에 올렸다. 복잡한 생각들을 머릿속에서 밀어내기 위해 멀리 날아가는 골프공을 떠올렸고, 곧 적막 속에서 깊은 잠에 빠졌다.

핸드폰이 울었다.

동물병원이었다.

병석은 게슴츠레 눈을 뜨고 환한 빛이 뿜어져 나오는 핸드폰 화면을 바라보았다. 새벽 2시가 넘은 시간이었다. 병석이 쳐다보고 있는 사이 전화가 끊겼다. 사방이 다시 어두워졌다. 병석이 손바닥으로 얼굴을 비비는 사이 전화가 다시 걸려왔다. 감은 눈 너머로 환한 빛이 느껴졌다. 병석은 눈을 떴다. 몸을 일으켜 전화를 받았다.

우보 보호자님 되시죠?

병석은 긴 한숨을 쉬었다.

죽었나요?

아직 호흡은 있는데, 상태가 너무 안 좋아져서 얼른 오셔야 할 것 같아요.

알겠습니다.

핸드폰을 쥔 채 잠시 눈을 감고 있던

병석은 핸드폰을 터치해 통화 목록에 들어갔다. 그리고 동물병원 번호를 길게 눌러 차단한 뒤 자리에 누워 잠을 청했다. 애써 노력하지 않아도 아무 생각이 들지 않았다. 병석에게 익숙한 적막과 병석에게 익숙한 베개와 병석에게 익숙한 모든 것이 병석에겐 아무 일도 일어나지 않았다고 토닥이기라도 한 것처럼, 병석은 깊은 잠에 빠졌다.

잠시 후 병석은 알람 소리에 눈을 뜬다. 피로에 젖은 몸을 일으켜 씻고, 바르고, 입고, 뿌린 뒤 신발을 신는다. 현관 앞에 세워둔 골프백과 캐리어를 메고 끌며 오피스텔을 빠져나간다. 비상등을 켠 택시 가까이로 가자 트렁크가 열린다. 기사가 병석이 짐을 싣는 것을 돕고, 병석은 차에 올라 핸드폰을 확인한다. 저장되지 않은 번호로 걸려온 전화번호를 꾹 눌러 차단한다. 문자도 삭제한다.

어느 나라 가세요?

기사가 묻는다.

홋카이도요.

병석은 좌석을 젖힌다.

거긴 춥지 않습니까?

기사가 또 묻고,

춥긴요, 지금이 제일 좋을 때죠.

병석은 웃으며 답한다.

택시는 뻥 뚫린 주말 새벽의 도로를 가른다. 어둠이 서서히 걷히는 창밖을 바라보며 병석은 이제 정말 여름이 온 건지 새벽 공기가 눅눅하다고 느낀다. 인천공항에 도착한 병석은 일찍 도착한 안 대표와 일행들을 찾아 짐을 끌고 게이트를 두리번거린다. 안 대표가 손을 흔든다.

병석은 다가간다. 점잖고 지긋하게 나이
먹은 그들에게 허리 숙여 인사한다. 짐을
부치고, 출국 심사를 마친 뒤 면세 구간을
걷는다. 화장품 코너에서 걸음을 멈춘 안
대표가 물건을 고른다. 그녀의 만류에도
병석은 결제한다. 마땅히 써야 하는 돈이라고
생각하면서. 안 대표와 일행들이 식사 메뉴를
정한다. 병석은 그게 무엇이든 좋다고 말하며
입에 넣는다. 비즈니스 게이트로 향하는
그들을 향해 이따 뵙자 인사하곤 멍하니
줄을 선다. 좌석에 앉아 이륙을 기다리는
동안 병석은 부러 핸드폰을 보지 않는다.
기내 면세점 카탈로그를 들춰보고, 환율을
계산하다 그리 싸지 않다고 생각하고, 정
이사가 사케보다 위스키를 좋아한다는 사실을
떠올리곤 돌아오는 비행기에서 그를 위한
선물로 조니 워커 블루 정도를 구매하면

좋겠다고 생각한다.

착륙해 짐을 찾고 게이트를 빠져나온 병석은 일행과 만난다. 일행 사이에 가이드가 보인다. 7인승 밴을 타고 달리며 농담과 함께 명함을 주고받고, 준비한 선물을 언제 건네야 그들이 가장 좋아할지 가늠하며 대화에 끼어든다. 피로감을 감추고 홋카이도의 쾌청한 날씨와 경관에 감탄하며 일행의 말에 과하게 공감한다. 후라노의 라벤더 정원에 이르러 밴이 정차하고, 가이드가 안내한 포토 스팟에 서서 일행들과 사진을 찍을 때, 풀잎이 종아리를 살며시 누른 순간 병석의 가슴은 잠시 내려앉지만 환하게 미소 짓는다. 차는 좀 더 달려 자연경관이 일품인 루스츠 골프리조트에 도착하고, 병석은 짐을 푼 뒤 장비를 챙기고, 서툰 일본어로 캐디와 농담을 주고받고, 녹색 잔디로 뒤덮인 페어웨이에서 첫 번째 티샷을 날린 일행에게 굿, 샷! 외치고. 그렇게 몇 번이고 홀을 돈다. 아홉 번째 홀에 이르러 승부욕이 인 안 대표가 병석에게 세컨드 샷을 부탁한다.

    병석은 유틸리티 클럽을 쥔다. 벙커를 주의해 오른쪽을 보고 쳐야겠다고 생각하며 볼 마크로 다가가 연두색 공을 내려놓는다. 시선이 홀컵 깃발이 아닌, 미처 녹지 않은 눈이 쌓인 요테이산 끝자락에 머문다. 여름에서 건너와 봄과 겨울이 함께 있는 풍경을 보자 병석은 현기증이 인다. 새벽녘부터 이어진 모든 일들이 꿈처럼 느껴진다. 병석은 발아래의 얕은 경사에 의식을 집중한다. 백스윙을 올린다. 가벼운 리듬으로 다운스윙을 내려친다. 공을 쫓으려 고개를 든 순간, 빼곡히 심어진 나무 사이를 뚫고 나온 뾰족한 빛이 병석의 눈을 찌른다.

멀리, 병석이 날린 공이 날아간다. 너무 오래 날아간다. 눈살을 찌푸리자 빛의 잔상이 붉게 쫓아오는 가운데, 어두운 밤 주택가 골목에서 환하게 빛나고 있던 펫숍을 바라보던 순간이 떠오른다. 휘청휘청 그곳을 향해 가던 자신의 발걸음이.

뭐야.

뭐야 뭐야.

공이 어디까지 간 거야?

일행들이 웅성인다. 캐디가 거리 측정기를 내리곤 급히 카트에 오른다. 클럽 헤드를 잔디에 내려놓던 순간부터 안 대표와 카트에 올라 홀컵으로 향하는 순간까지도 멍해진 병석의 정신은 쉽사리 돌아오지 않는다. 펫숍 유리창에 가만히 손을 대던 자신과 자신을 따라 하기라도 하듯 정확히 한 손을 유리창에 올리던 우보의 모습. 그 순간 거기 있던 다른 날쌔고 귀여운 강아지들이 까맣게 지워지고, 멀뚱히 앉은 그 시츄만이 크게 보이던 순간. 생애 첫 외출에 신이 나 꿈틀대는 시츄를 품에 안고 도로의 경계석에 앉아 목이 터져라 울던 자신.

    병석은 그것으로 모든 수치를 잊으려 했다. 불쌍한 개를 사는 것으로 좋은 사람이 되려고 했다. 지저분하게 전시된 개를 사는 것으로. 병석은 태어나 처음 거울을 본 사람처럼 자신을 보았다. 우보와 함께한 하루만큼의 시간을 떠올렸다. 그리고 자신이 최소한의 기만마저도 저버렸다는 것을 알아차렸다. 걸음을 옮길 때마다 병석이 버린 수많은 우보들이 우르르 쏟아져 나오는 것 같았다. 병석은 그제야 술이 완전히 깬 듯 정신이 맑아지는 것을 느꼈다. 사방이 너무 선명하게 아름다운 자연 속에서.

야 손 팀장! 너 알바트로스 했어!

등을 두드리고 손뼉을 치는 사람들 사이에서.

병석은 얼빠진 표정으로 깃발을 향해 뚜벅뚜벅 걸어갔다. 홀컵 속에 안착한 연두색 공을 바라보았다. 그건 분명히 병석의 공이었다. 병석이 날린 공이었다. 병석은 허리를 구부렸다. 홀컵에서 공을 꺼내는 순간 얼굴이 참을 수 없이 일그러졌다. 눈물을 참으려 손을 높이 들어 올려 환호했다. 안 대표는 한 돈짜리 기념패를 만들어주겠다며 법석을 떨었고, 캐디는 8년간 일하며 알바트로스를 한 사람은 처음 보았다고 했다. 병석 역시 마찬가지였다. 해낼 것을 꿈꾸며 샷을 날렸던 적도, 날아가는 공을 바라보며 우연을 바랐던 적도 없었다. 그러므로 병석은 영원히 잊지 못할 것이었다. 지금의 알바트로스를 다른 누구도 아닌 자신이 해냈다는 사실을, 깊은 수치심에 싸인 채 자신의 손에 쥐어진 공을 바라보고 있는 이 순간을.

작가의 말

  — 철강. 물질은 단단한데 시장은 변화무쌍 위태롭고.
  — 골프장. 광적인 완벽주의자가 여러 번의 실패 끝에 가까스로 구현한 것 같은 완벽한 자연 속에서, 굳건히 선 한 사람의 내면이 무너진다.
  — 밤의 테헤란로는 검은 도화지마냥 비어서 그릴 것이 많다. 닫힌 빌딩 앞 계단에서 울고 있는 아저씨와 시츄 한 마리를 그려볼 수도 있다. 그 풍경은 현재의 시점에선

귀엽고 안타깝지만 시간을 길게 늘려 미래의 시점에서 되돌아본다면 비열할 수도 있다.

이것이 《공》을 쓸 때 메모해둔 문장 중 일부이다. 옮겨놓고 보니 소설의 밑천이 드러난 것 같아 부끄럽다. 부끄러운 김에 딴소리를 해보자면 소설을 쓰면서 골프에 대해 공부했는데, 여러 가지로 소설 쓰기와 비슷하다는 생각도 했고, 모니터 속 페어웨이의 촘촘한 잔디를 강아지 등 쓰다듬듯 쓸어보고 싶다는 생각을 하기도 했다.

또, 《공》을 쓰다 쉴 때는 한 곡 반복으로 배인숙의 〈누구라도 그러하듯이〉를 들었다. 리드미컬한 박자 속에서 시간을 담은 한(恨) 진 목소리가 뚫고 나오는 노래인데, 우는 심정으로 노래하며 춤을 추는 이미지가 떠올라서 도움이 많이 됐다. 꿈에서 병석을 만난다면 위로에 서툰 내가 뭐라 말을 건네는 대신 이 노래를 불러주고 싶다고도 생각한다. 어떤 감정이 일어서라기보다는, 같은 인간으로 태어나 가슴속에 저마다의 죄를 품고 살아가고 있다는 동질감을 병석에게 느꼈다. 병석은 잘한 것도 없고 나쁘다고도 말할 수 있는 인간이지만 가만히 보면 나 자신도 뭐가 그렇게 다르겠냐는 생각이다.

생전 들어본 적 없는 칭찬의 말로 숙면을 선물해준 김다인 편집자님께 감사드린다.

끝으로 《공》을 읽은 모든 사람들께, 떨리는 손으로 호주머니 속 알사탕을 꺼내 건네는 마음으로 감사합니다, 하고 인사하고 싶다.

2025년 늦여름
김유나

김유나 작가 인터뷰

Q. 《공》은 쳐주지 않으면 추진도 저항도 받지 않는 공처럼 누군가 건드려주지 않으면 쉽사리 움직이지 않는, 자신의 삶에 당위를 찾지 못하고 그저 "화가 나면 웃고"(8쪽) "울고 싶을 때면 주먹을 쥐는"(9쪽) 병석의 일일을 담고 있습니다. 지친 몸으로 간 회식 자리에서 주변 사람의 눈치를 보고, 어딘가 찝찝한 얘기를 듣더라도 웃으며 상사가 올린 손에 힘차게 손을 맞대야 하는 그의 모습은 실상 현대인의 자화상 같아 보여요. 그렇게 멀리 돌아서서야 바닥에 침을 퉤, 하고 뱉는 것처럼 병석은 어리고 약한 시츄 한 마리를 데려옵니다. 마치 이 정도는 내 마음대로 할 수 있다는 듯이. 곁을 지키던 수많은 사람을 내쳐버렸지만, 자신은 어린 시츄를 거둬들일 만큼 선한 사람이라도 된다는 듯이. 〈작가의 말〉에서도 "닫힌 빌딩 앞 계단에서 울고 있는

아저씨와 시츄 한 마리를 그려볼 수도 있다. 그 풍경은 (중략) 비열할 수도 있다"(97쪽)고 쓰셨습니다. 비열한 상황을 연출하기 위한 장치는 굉장히 다양할 텐데 그중 반려동물의 이야기를 쓰게 된 계기가 있나요?

A. 말씀하신 것처럼, 병석이 공 같은 인물이라고 생각했기에 그랬습니다. 하지만 살아 움직이는 경쾌한 공, 상대의 허를 찌르는 공, 팀 스포츠로 몸과 몸이 부딪치는 역동적인 공은 아니어야 했어요. 골프가 좋겠다고 생각했습니다. 골프는 해저드나 벙커에 공이 빠지면 수습하듯 그 위치에서 다시 공을 쳐야 한다는 점이 흥미로웠습니다. 또, 보통 골프는 공을 공유하지 않아요. 자기 공만 책임지면 되죠. 초보자에겐 자기가 친 공이 어디 떨어졌는지 찾는 것마저 미션이기도 하고요.

저는 그게 개인적인 측면의 책임 같다고
느꼈고 병석이 살아온 인생과 닮았다고
생각했습니다.

    타인과의 마찰이 없는 인물에겐 터지고
찢어질 구석이 없다고 여겼던 것 같습니다.
병석의 옆에 인간을 붙여주는 걸로는 좀
부족하다 싶었어요. 합리화할 것 같았거든요.
그러다 반려동물을 상상했나 봅니다.
책임감의 종류는 참 다양한데 그중에서도
반려동물은 좀 독특한 지점이 있다고
생각했어요. 연인이나 배우자와는 헤어질
수 있지요. 직장은 그만둘 수 있고요. 직업도
바꿀 수 있습니다. 자식은 최종적으로는
독립시켜야 하지요. 헤어짐이나 그만둠이나
독립시킴이 죄책감을 가져야 할 일은
아니라는 뜻이에요. 반려동물은 그런 게
없다고 봤어요. 한 번 인연이 시작되면

죽을 때까지 함께라는 외수없는 윤리적 합의가 있다고 보았습니다. 그런 면에서 어떤 어긋남이 있을 거라고 생각했던 것 같아요. 병석이 자기 자신을 위로하고자 시츄를 구매한 것은 비열함이지만, 그 선택 속에는 어딘지 닮은, 서로가 서로를 구원할 수 있을 거란 믿음 또한 존재했을 거라고 생각했습니다. 그렇기에 꾸준히 타인을 배반하고 자기 자신을 지키는 것을 우선으로 생각하던 병석도 시츄와의 만남에서만큼은 그러지 못할 거라고요.

Q. 〈물이 가는 곳〉(《창작과비평》 2025년 봄호)의 주인공이자 "뭐라도 된 것 같은 환상에 빠져" 정작 중요한 일을 그르치는 보험설계사 '기왕'과 마찬가지로 《공》의 주인공인 영업사원 '병석' 역시 소위 '잘나' 보이는 사람들을 구워삶을 수 있다는 소소한 성취감을 낙으로 여기며 살아가는 화자입니다. 소설에 남성이면서 영업직에 종사하는 인물이 특징적으로 등장하는데, 그래서 그런지 작품을 읽다 보면 정장을 차려입고 술에 거하게 취해서는 가족들을 상대로 술 냄새와 못다 한 하소연을 뿜어대는 아버지 군상이 떠올라서 측은해져요. 이러한 인물에 주목하는 이유가 있는지 궁금합니다.

A. 글쎄요. 두 편 다 시스템에 대해 생각하다 보니 그런 걸까요? 저는 시스템에

적응해 그 방식을 적절히 이용하며 살아가는 이들과 시스템에 오류를 낳는 버그들에 대한 생각을 하곤 해요. 전엔 인물들이 버그격의 선택을 하는 것에 매료됐어요. 수지 타산이 안 맞는 버그들의 선택이 오류를 만들기 때문에 세상은 좋은 의미로 넓어진다고 봤어요. 그런데 최근에는 시스템에 적응해 살아가는 사람들이 자기도 모르는 사이 짓는 죄에 대해 생각하게 되는 것 같습니다. 어? 나 이러려고 했던 게 아닌데 열심히 하다 보니 이렇게 되어버렸네? 싶은 거죠. 왜 우리네 아버지 군상으로 그렸냐면, 제 머릿속에 고착화된 아버지의 이미지는 현관문 안쪽 세상에서 일종의 포션을 얻는 사람들입니다. 수고했다는 말 한마디, 어깨를 주물러주는 손. 그것들이 결국 무엇을 회복하게 하는지 상상하다 보면 이상하게도 끔찍한 것들이 그려지곤 합니다. 반성치 않게 하고, 영혼을 죽이는 시스템을 지탱하는 것이 실은 사랑하는 나의 가족인 거죠. 답변하다 보니 제가 왜 이런 생각을 하는지 저도 궁금해집니다.

Q. 비슷한 맥락에서 작가님의 소설을 읽고 나면 "인생 참 징글징글하다"라는 말이 절로 나옵니다. 가끔 어떤 이야기는 이유 없이 삶을 낙관하게 되어서 그 순간이 지나가면 도리어 허무해지고, 어떤 이야기는 잠시 환상에 젖어 현실 감각을 잊게 되는데, 《공》은 독자를 현생에 단단히 붙들어두는 듯합니다. 병석이 "하나씩 털어내라"(57쪽)라는 정 이사의 말을 받아들이던 순간을 보며 혀를 끌끌 차다가도, 이게 우리가 "으쌰으쌰" 살아가는 방식인가 싶고 또 정말 "우는 심정으로 노래하며 춤을 추는"(98쪽) 듯해서 미시마 유키오의 소설 《금각사》 속 문장처럼 "살아야지, 하고" 한숨을 푹 쉬게 되어요. 이 비참함과 평범함 사이 삶의 연속을 굉장히 현실적으로 담아내신다고 느꼈습니다. 작가님이 생각하는 인생이란 무엇일까요? 더

표현해보고 싶은 삶의 질감이 있다면요?

A. 좋아하는 법구경 구절이 떠오릅니다. "악의 열매가 맺히기 전에는 악한 자도 복을 만난다. 그러나 악의 열매가 익었을 때 악한 자는 화를 입는다. 선의 열매가 맺히기 전에는 선한 이도 화를 만난다. 그러나 선의 열매가 익었을 때 선한 사람은 복을 받는다." 저는 이 구절에 인생에 관한 많은 것들이 함축되어 있다고 생각해요. 그리고 악의 열매가 맺히기 전에 악한 자가 신나게 복을 누리는 시기를 상상하는 것을 좋아합니다. 아마도 그 복이 악한 자를 무너뜨릴 역린이겠지요? 또, 악한 자는 정말 악한 자일지 상상해보는 것도 즐거워요. 어쨌거나 말씀하신 비참함과 평범함의 연속을 집요하게 바라보고 잘 표현하고 싶습니다. 소설의 면면이 양적으로

불어나는 게 아니라 질적으로 쌓이며
좋아지는 소설을 쓰고 싶어요. 하지만
정반대로 무모하게 밀고 나가는 광적인 삶의
질감이 담긴 소설도 쓰고 싶고요.

Q. 〈작가의 말〉이 참 인상 깊었습니다. "철강" "골프장" "밤의 테헤란로". 메모로 남겨주신 세 가지 주제가 따로 놓고 보면 전혀 어울리지 않는 듯해서, 이것들이 어떻게 하나의 소설로 연결되었는지 신기할 따름이었어요. 보통 여러 메모 사이에 연결을 찾아서 쓰는 편이신가요? 그 고리는 어떻게 만드시는지도 궁금합니다. 저는 세 메모를 보고 '단단하지만 연약한'이라는 키워드를 떠올렸어요. '단단하지만 연약한' 철강, 내면, 아저씨.

A. 메모들은 늘 연결이 안 되는데, 우격다짐으로 연결하려다가 실패하는 경우가 많아요. 그러면 처음부터 다시 상상하고 같은 메모로 전혀 다른 소설을 써요. 이미지들이 갖는 분위기의 유사성, 혹은 반복되는 인물의

행위로 연상되게 하거나 강화하려고 하는 것 같아요. 이 소설은 150매 이상을 써야 했기 때문에 메모들이 더 느슨했던 것도 같아요. 그래서 메모엔 없는, 소설 속 쿠션격인 부분이 중요하다고도 생각했습니다. 그런데 은근 비슷한 구석들이 있지 않나요? 뭔가 차가운 쇠꼬챙이 같은…….

Q. 《내일의 엔딩》 이후 두 번째 단행본 출간입니다. 소감이 어떠신가요? 이후 계획도 들려주세요.

A. 표지 색을 편집자님이 골라주셨어요. 띠지의 하얀 색이 더해지면 완벽한 시츄의 색이 될 것 같다고 하시면서요. 그 순간부터 이 책이 눈썹 덥수룩한 귀여운 시츄처럼 느껴지더군요. 저는 새끼 시츄 같을 이 책을 분명 좋아할 겁니다. 가끔 충동적으로 쓰다듬어보기도 할 것 같고요. 갈색과 하얀색의 조화로 탄생한 한 권의 시츄. 이 책을 품에 안거나 쥐고 읽을 분들이 책 속의 새끼 시츄 우보를 떠올려보셨으면 싶기도 합니다.

앞으로의 계획은, 첫 소설집 출간을 준비하고 있습니다. 그간 쓴 단편소설들을 정리하고 있는데, 여러 사람의 손길을 거쳐 나올 책을 상상하면 몹시 흥분됩니다.

한 조각의 문학, 위픽 wefic

구병모 《파쇄》
이희주 《마유미》
윤자영 《할매 떡볶이 레시피》
박소연 《북적대지만 은밀하게》
김기창 《크리스마스이브의 방문객》
이종산 《블루마블》
곽재식 《우주 대전의 끝》
김동식 《백 명 버튼》
배예람 《물 밑에 계시리라》
이소호 《나의 미치광이 이웃》
오한기 《나의 즐거운 육아 일기》
조예은 《만조를 기다리며》
도진기 《애니》
박솔뫼 《극동의 여자 친구들》
정혜윤 《마음 편해지고 싶은 사람들을 위한 워크숍》
황모과 《10초는 영원히》
김희선 《삼척, 불멸》
최정화 《봇로스 리포트》
정해연 《모델》
정이담 《환생꽃》
문지혁 《크리스마스 캐러셀》
김목인 《마르셀 아코디언 클럽》
전건우 《앙심》
최양선 《그림자 나비》
이하진 《확률의 무덤》
은모든 《감미롭고 간절한》
이유리 《잠이 오나요》
심너울 《이런, 우리 엄마가 우주선을 유괴했어요》
최현숙 《창신동 여자》

연여름	《2학기 한정 도서부》
서미애	《나의 여자 친구》
김원영	《우리의 클라이밍》
정지돈	《현대적이라고 말할 수 없는 죽음들》
이서수	《첫사랑이 언니에게 남긴 것》
이경희	《매듭 정리》
송경아	《무지개나래 반려동물 납골당》
현호정	《삼색도》
김 현	《고유한 형태》
이민진	《무칭》
김이환	《더 나은 인간》
안 담	《소녀는 따로 자란다》
조현아	《밥줄광대놀음》
김효인	《새로고침》
전혜진	《고르디우스의 매듭을 자르면》
김청귤	《제습기 다이어트》
최의택	《논터널링》
김유담	《스페이스 M》
전삼혜	《나름에게 가는 길》
최진영	《오로라》
이혁진	《단단하고 녹슬지 않는》
강화길	《영희와 제임스》
이문영	《루카스》
현찬양	《인현왕후의 회빙환을 위하여》
차현지	《다다른 날들》
김성중	《두더지 인간》
김서해	《라비우와 링과》
임선우	《0000》
듀 나	《바리》
한유리	《불멸의 인절미》
한정현	《사랑과 연합 0장》
위수정	《칠면조가 숨어 있어》
천희란	《작가의 말》
정보라	《창문》
이주란	《그때는》
김보영	《헤픈 것이다》
이주혜	《중국 앵무새가 있는 방》

정대건	《부오니시모, 나폴리》
김희재	《화성과 창의의 시도》
단 요	《담장 너머 버베나》
문보영	《어떤 새의 이름을 아는 슬픈 너》
박서련	《몸몸》
금정연	《모두 일요일이야》
박이강	《잠 인터뷰》
김나현	《예감의 우주》
김화진	《개구리가 되고 싶어》
권김현영	《수신인도 발신인도 아닌 씨씨》
배명은	《계화의 여름》
이두온	《돈 안 쓰면 죽는 병》
김지연	《새해 연습》
조우리	《사서 고생》
예소연	《소란한 속삭임》
이장욱	《초인의 세계》
성해나	《우리가 열 번을 나고 죽을 때》
장진영	《김용호》
이연숙	《아빠 소설》
서이제	《바보 같은 춤을 추자》
권희진	《일단 믿는 마음》
정이현	《사는 사람》
함윤이	《소도둑 성장기》
백세희	《바르셀로나의 유서》
이현석	《고백의 시대》
임솔아	《엄마 몰래 피우는 담배》
김유원	《와이카노》
백온유	《연고자들》
김 홍	《곰—사냥—인간》
김유나	《공》
권혜영	《그냥 두세요》

위픽은 위즈덤하우스의 단편소설 시리즈입니다.
'단 한 편의 이야기'를 깊게 호흡하는
특별한 경험을 선사합니다.

이 작은 조각이 당신의 세계를 넓혀줄
새로운 한 조각이 되기를.
작은 조각 하나하나가 모여
당신의 이야기가 되기를.

당신의 가슴에 깊이 새겨질
한 조각의 문학, 위픽

위픽 뉴스레터 구독하기
인스타그램 @wefic_book

wefic - 96

공

초판 1쇄 인쇄 2025년 8월 21일
초판 1쇄 발행 2025년 9월 3일

지은이 김유나
펴낸이 최순영

출판2 본부장 박태근
스토리 팀장 김소연
편집 곽선희 김다인 김해지
디자인 이세호

펴낸곳 ㈜위즈덤하우스 **출판등록** 2000년 5월 23일 제13-1071호
주소 서울특별시 마포구 양화로 19 합정오피스빌딩 17층
전화 02) 2179-5600 **홈페이지** www.wisdomhouse.co.kr

ⓒ 김유나, 2025

ISBN 979-11-7171-491-9 04810
      979-11-6812-700-5 (세트)

값 13,000원

· 이 책의 전부 또는 일부 내용을 재사용하려면 반드시 사전에
  저작권자와 ㈜위즈덤하우스의 동의를 받아야 합니다.
· 인쇄·제작 및 유통상의 파본 도서는 구입하신 서점에서 바꿔드립니다.